Chef Soumise et autres histoires

Erika Sanders
Série
Collection de domination érotique

Synopsis

Ce livre est composé des histoires suivantes :
Chef Soumise
Trahi
Mieux vaut un trio

Chef Soumise est un roman à fort contenu érotique BDSM et, à son tour, un nouveau roman appartenant à la collection Erotic Domination, une série de romans à fort contenu BDSM romantique et érotique .

(Tous les personnages ont 18 ans ou plus)

Note de l'écrivaine:

Erika Sanders est une écrivaine de renommée internationale, traduite dans plus de vingt langues, qui signe ses écrits les plus érotiques, loin de sa prose habituelle, de son nom de jeune fille.

Indice

CHEF SOUMISE ET AUTRES HISTOIRES
ERIKA SANDERS

CHEF SOUMISE

PREMIÈRE PARTIE
CONSENTEMENT MUTUELLE

CHAPITRE 1

La lettre était une bénédiction.

Je pouvais à peine retenir mes larmes.

Cristina venait de terminer ses études culinaires et sa nouvelle entreprise de restauration connaissait un démarrage difficile.

Il se tenait dans son petit appartement et examinait chaque mot de la lettre manuscrite.

Chère Cristine,

J'espère que cette lettre vous parviendra. Pardonnez-moi, mais je n'utilise pas le courrier électronique. Et je n'aime généralement pas les appels téléphoniques. Je suis démodé.

Je connais votre mère. Nous nous sommes rencontrés brièvement lors d'une fête entre amis communs il y a plusieurs semaines. Votre mère a mentionné à plusieurs reprises votre activité de restauration avec désinvolture. J'y ai réfléchi et ça a l'air intéressant. Je n'ai jamais fait appel à un traiteur auparavant.

Si vous êtes intéressé par un nouveau client, contactez-moi et nous pourrons peut-être trouver un accord. Je suis un mauvais cuisinier. Et j'ai entendu dire que tu étais très bon.

Meilleurs vœux et bonne chance dans votre entreprise,
Paul

Finalement, pensa-t-elle. La chance commençait à lui arriver.

CHAPITRE 2

Une semaine après.

Cristina traversait le quartier riche dans sa vieille voiture en mauvais état.

Il attirait clairement l'attention, mais il s'en fichait.

J'étais heureux d'être dans ce quartier pour un emploi potentiel.

Il s'est garé à l'entrée de l'adresse qu'on lui avait indiquée.

Je n'avais aucune idée de à quoi ressemblait Paul.

Leur seule véritable interaction a été un bref appel téléphonique pour organiser la réunion.

Cristina a frappé à la porte.

Une vieille femme noire a répondu.

La femme portait une tenue de servante.

La femme resta étrangement silencieuse alors qu'ils se regardaient.

"Bonjour," dit maladroitement Cristina. "Je suis ici pour voir Paul."

La vieille femme noire hocha la tête.

"Viens ici."

Cristina entra et la femme de chambre ferma la porte.

La femme de chambre la conduisit dans les escaliers d'une assez grande maison.

Cristina regardait autour d'elle avec des yeux pleins d'envie.

Tout était vieux, sombre et rustique.

Il y avait des antiquités partout.

Des peintures classiques étaient exposées sur les murs.

Ils arrivèrent dans un couloir et la femme de chambre ouvrit une porte après avoir frappé en premier.

Cristina entra, puis la bonne partit.

C'était un bureau.

Paul était assis derrière son bureau et travaillait.

C'était un bel homme d'environ 40 ans.

Il avait une expression de pierre sur son visage, impossible à lire.

Son visage était parfait pour le poker.

Son visage restait inexpressif.

"S'il vous plaît, asseyez-vous", dit-il.

Cristina était intimidée par sa présence et par son propre manque d'expérience en affaires.

Je n'avais jamais conclu de transaction auparavant.

Elle s'assit devant son bureau.

"Vous devez être nouveau dans ce domaine", a-t-elle déclaré.

"Pourquoi dis tu ça?"

"Je pouvais sentir ta nervosité quand tu es entré. Tu devrais essayer de te détendre. Ne t'inquiète pas, je suis là pour t'aider avec tout ce dont tu as besoin."

Elle eut un sourire gêné.

"J'en tiendrai compte."

"D'accord. Maintenant, parle-moi de ton activité de restauration."

"Eh bien, c'est encore assez nouveau", dit-il après réflexion. "Je peux préparer des repas en fonction de vos préférences spécifiques. Si vous avez besoin d'un service de traiteur pour une fête, je peux embaucher des personnes supplémentaires. J'ai beaucoup d'amis de l'école culinaire."

"Ce ne sera pas nécessaire. Je préfère que tu travailles seul. Il y a moins de problèmes ainsi."

Cristina hocha la tête.

« Je suppose que vous vivez seul et que vous voulez que je vous prépare des repas ?

"Très intelligent."

« Aviez-vous un accord spécifique en tête ?

"Cela dépend," répondit Paul. "Tu es occupée?"

Elle lui fit un sourire gêné.

"Au contraire. Tu es mon premier vrai client. J'ai fait des petites choses ici et là. Principalement pour les amies de ma mère qui me rendaient service."

"Vous voulez des conseils commerciaux gratuits ? Ne révélez jamais une faiblesse. Cela n'a pas l'air bien."

"Oh, bien sûr. Je m'en souviendrai."

"Quant à un accord", répondit Paul. "Pourriez-vous me préparer des repas ? Déjeuner et dîner."

"Bien sûr. Ce ne sera pas un problème."

"Excellent. Je souhaite que les repas soient livrés chez moi à 11h30 précises du matin. Du lundi au vendredi."

"Bien sûr," acquiesça-t-elle.

"Cet accord durera au moins les prochains mois. Chacun d'entre nous a la possibilité d'annuler l'accord à tout moment. Compris?"

"Oui, je comprends."

"Excellent."

« Avez-vous des préférences alimentaires ? » » a demandé Cristina. "Mes spécialités incluent les styles français, italiens et différents styles asiatiques..."

Il secoua la tête.

"Ça n'a pas d'importance. Amenez-la simplement à l'heure."

"Bon."

"Maintenant, parlons des chiffres. Que pensez-vous de 100 dollars par jour ? Est-ce juste ?"

Les yeux de Cristina s'écarquillèrent.

Le travail et le montant proposé étaient bien supérieurs à mes attentes.

Elle réalisa qu'elle devait avoir l'air idiote avec une expression de chiot sur son visage, alors elle retrouva son calme.

"Cela semble raisonnable", répondit-il calmement. "Oui c'est bon."

"Alors c'est réglé. Pouvez-vous commencer demain ?"

"Pas de problème. Mais es-tu sûr de ne pas vouloir essayer ma cuisine en premier ?"

"Franchement, je me fiche du goût de la nourriture. Tu as fait une école de cuisine. Cela me suffit. Je ne veux pas m'inquiéter de la nourriture pendant que je travaille."

Cristina hocha la tête.

"D'accord. Je comprends. Puis-je vous demander ce que vous faites ? Votre maison est magnifique. J'adore l'ambiance rustique."

"J'ai fait plusieurs choses dans ma vie. Aujourd'hui, je suis marchand d'art. Je vends aussi des antiquités rares. En ce moment, je me concentre sur mon écriture."

"Qu'est ce que tu ecris?" elle a demandé.

"Un mémoire. Je ne prétends pas être quelqu'un de célèbre ou d'important. Mais j'ai quelques histoires à partager. Ce serait dommage si personne ne les entendait. Je travaille également sur des livres de fiction."

"Oh, ça a l'air intéressant. Peut-être que je pourrai les lire un jour. J'adore lire des biographies et des mémoires."

Paul eut un léger sourire.

"Je ne pense pas que ça t'intéresserait."

"Pourquoi pas?"

"C'est une supposition. Mais qui sait ? Parfois, je me trompe sur ces choses-là."

"D'accord," Cristina acquiesça maladroitement.

Paul se leva et se dirigea vers Cristina.

Elle a compris et s'est levée aussi.

Paul mesurait presque un pied de plus qu'elle.

Son physique dominait le corps mince et menu de Cristina.

Il tendit la main et ils se serrèrent la main.

"Nous avons officiellement un accord", a-t-il déclaré. "J'attends le premier repas demain à 11h30 du matin. Ne soyez pas en retard. Je ne tolère pas la désobéissance."

Elle déglutit.

"Oui monsieur."

CHAPITRE 3

Cristina était toujours impressionnée par la rencontre avec Paul.

Il s'allongea sur le lit et regarda le plafond.

L'offre semblait trop belle pour être vraie.

C'était presque incroyable.

Mais j'avais peur qu'il s'agisse d'une blague cruelle, pensai-je.

Il prit son téléphone et appela sa mère.

Sa mère répondait toujours à ses appels en quelques sonneries seulement.

Lorsqu'il a répondu au téléphone, Cristina n'a pas perdu de temps et lui a tout expliqué.

Aucun détail n'a été épargné.

Cristina a tout raconté à sa mère sur l'offre et tous les sentiments qu'elle avait ressentis lorsqu'elle avait rencontré Paul.

"C'est merveilleux", a répondu sa mère.

"Je sais. C'est un peu fou, non ? Mais je ne croirai rien de tout cela tant que ton argent ne sera pas entre mes mains. D'ici là, j'imagine le pire."

"Concentrez-vous sur les pensées positives, Cristina. Votre entreprise décolle enfin."

"Je l'espère. Je veux dire, 100 $ par jour pour deux repas ? Même s'il me vire la semaine prochaine, je serai quand même content d'avoir gagné autant d'argent."

"Je ne m'inquiéterais pas pour ça."

"Que veux-tu dire ?" » a demandé Cristina.

"Apparemment, Paul a de bonnes réserves financières."

"J'ai réalisé. Sa maison était comme un musée."

" Et voilà. Vous n'avez pas à vous soucier de l'épuisement de ses finances. Gardez-le simplement heureux avec de bons repas, un excellent service et ne soyez pas en retard. "

« Que sais-tu de ce type ? » demanda Cristina d'un ton plus sérieux. "Ça a l'air un peu bizarre, n'est-ce pas ?"

Sa mère réfléchit un instant.

"D'une manière ou d'une autre. Je ne l'ai rencontré qu'une fois lors d'une fête. C'est un gars très intelligent. Pas de bêtises. Simple."

"C'est définitivement lui", a plaisanté Cristina.

"Mais ne le sous-estimez pas. Il est apparemment un amoureux des dames."

"Vraiment?"

"C'est ce que j'ai entendu. Assurez-vous de rester à l'écart de son charme irrésistible", a-t-il plaisanté.

"Très drôle", a répondu Cristina. "Ce n'est certainement pas mon genre. Trop vieux. Et trop ennuyeux."

"Je suis heureux que votre entreprise ait bien démarré."

"On verra."

"Concentre-toi sur les pensées positives, Cristina."

CHAPITRE 4

Les semaines passèrent.

Cristina avait déjà préparé des dizaines de repas pour Paul.

Et elle avait gagné des milliers de dollars pendant cette période.

La routine quotidienne était toujours la même.

Levez vous tôt le matin.

Cuisiner.

Placez le tout soigneusement dans des conteneurs.

Emmenez-le chez Paul avant 11h30 du matin.

Ne soyez jamais en retard.

Et ne désobéissez jamais.

Un jour, on a demandé à Cristina de préparer le déjeuner qu'elle avait apporté dans une assiette dans la cuisine.

Alors elle l'a fait.

C'était la première fois que j'effectuais des tâches dans la cuisine de Paul.

Elle était fière de sa nourriture.

Il savait que c'était bon, même si Paul ne l'avait jamais complimenté à ce sujet.

Il est descendu les escaliers en tenue décontractée.

Comme toujours, son visage était presque inexpressif.

Il regarda la nourriture présentée sur la table à manger et ne prit pas la peine de la commenter.

« Dois-je y aller maintenant ? » » demanda Cristina maladroitement.

"Reste un moment. Il y a quelque chose que je veux te demander."

"Bon."

Paul était assis à la table de la salle à manger tandis que Cristina restait debout.

« Quels autres services proposez-vous ? » demandé. "En plus de cuisiner."

Cristina a été surprise et a tenu bon.

Il s'est préparé à davantage d'avancées.

J'étais préparé au harcèlement sexuel.

"Je propose un service de restauration honnête. Je cuisine des repas gastronomiques. C'est tout. Si vous recherchez d'autres services, je vous suggère de chercher ailleurs."

"Et pourquoi est-ce que?" » demanda-t-il sévèrement.

"Honnêtement, tu n'es pas mon genre."

"Tu n'es pas mon genre non plus."

Elle se sentit encore plus offensée.

"Écoutez, je pense que notre arrangement fonctionne bien. Continuons ainsi. Tout le reste ne fonctionnera pas."

"Pensez-vous que je demande des faveurs sexuelles ?" demandé.

Cristina se figea.

"Ce n'est pas comme ça?"

"Je ne le crois pas."

Son visage est devenu rouge betterave.

"Oh, je suis désolé monsieur."

"Oubliez ça," répondit-il. "Je pose la question parce que ma femme de chambre prend bientôt sa retraite. Si vous avez du temps supplémentaire, vous pourriez peut-être m'aider dans mes tâches de ménage."

"Que dois-je faire?"

"Rien de difficile. Nettoyer la vaisselle. Gardez tout propre."

"Je vais devoir y réfléchir."

"Vous serez bien sûr bien indemnisés", a-t-il répondu. "Et ne t'inquiète pas, je ne te demanderai pas de sexe. Tu n'es pas mon genre."

Elle rougit encore.

"Je suis désolé pour tout à l'heure. Mais j'y réfléchirai. Pourquoi pas ?"

"Veuillez considérer l'offre. Mon travail se déroule bien et j'apprécierais de l'aide pour l'entretien de la maison."

"Tu ne sors pas beaucoup, n'est-ce pas ?"

"J'ai déjà parcouru le monde et tout vu", a-t-il répondu. "Dans cette partie de ma vie, je me concentre sur mon écriture. Parfois, je sors. J'aime toujours faire de l'exercice. Mais je ne veux pas me soucier de l'entretien ménager. Vous semblez être une jeune femme capable, alors je vous propose travail supplémentaire."

Cristina hocha la tête.

"C'est très généreux de votre part."

"Avec l'argent supplémentaire, vous pourriez vous acheter une nouvelle garde-robe et une nouvelle voiture."

Elle se sentit un peu bouleversée par ce commentaire.

"Je comprends. J'ai besoin d'argent. Tu n'as pas besoin de me le frotter au visage."

"Je n'essayais pas de le faire."

"D'accord. Je vais le faire. Je ferai quelques tâches de nettoyage supplémentaires pour toi."

"Excellent", répondit-il avec un sourire rare. "Nous discuterons du terrain plus tard."

Elle s'est approchée de Paul et lui a tendu la main pour lui serrer la main.

Paul se leva comme un gentleman et lui serra la main.

L'accord a été scellé.

DEUXIÈME PARTIE
LA PORTE FERMÉE

CHAPITRE 5

Cristina a réussi à trouver d'autres clients pour quelques petits travaux.

Mais la plupart de son travail était fait pour Paul.

Elle préparait ses repas tous les jours de la semaine.

Au fil du temps, elle a commencé à travailler davantage pour lui.

Elle effectuait de petits travaux de nettoyage pour un peu d'argent supplémentaire.

Cristina a toujours été une personne désorganisée en matière de tâches ménagères, elle trouvait donc ironique de faire le ménage pour quelqu'un d'autre.

Mais l'argent était bon, alors il s'en fichait.

La vaisselle devait être nettoyée et disposée d'une certaine manière.

Les fenêtres devaient être impeccables.

Les meubles devaient être exempts de poussière.

Paul nettoyait lui-même les sols.

Paul était une personne très particulière.

Et ces traits rendaient parfois Cristina folle.

Mais l'argent était bon.

D'une certaine manière, Cristina était fière d'aider Paul.

D'une manière étrange, j'avais l'impression d'aider Paul à atteindre son objectif de pouvoir écrire ses livres.

Elle se souciait de lui en tant que personne.

CHAPITRE 6

La table de la salle à manger était bien rangée.

Le déjeuner était prêt.

Cristina a regardé l'assiette et a admiré son beau travail.

L'école culinaire en valait la peine.

Il ne pouvait pas attendre que Paul l'essaye, même si Paul ne lui faisait jamais de compliments.

Paul était inhabituellement en retard pour le dîner.

Il n'était jamais en retard.

La porte de l'étage était entrouverte et Cristina écoutait furieusement le clavier utilisé.

Elle savait qu'il était toujours occupé.

Elle se dirigea vers l'escalier et se demanda si elle devait l'appeler ou non.

Elle ne voulait pas interrompre son travail.

Mais elle savait que Paul était un homme qui avait besoin d'ordre.

Peut-être avez-vous perdu la notion du temps ?

Puis elle l'a vue.

Près de l'escalier, la porte était ouverte, entrouverte.

C'était une pièce que Paul avait dite interdite d'accès.

Paul voulait que je nettoie toutes les pièces sauf celle-là.

La curiosité de Cristina a atteint son paroxysme.

J'entendais encore Paul écrire à l'étage.

Elle voulait jeter un œil à la pièce secrète.

Je voulais connaître les petits secrets de Paul , aussi petits soient-ils.

Elle s'intéressait à lui.

Elle s'intéressait à l'homme qu'elle servait depuis des semaines.

Il fit quelques pas calmes vers la porte.

Elle passa la tête à l'intérieur.

La pièce était sombre.

Il alluma l'interrupteur et la pièce était bien éclairée.

À la grande surprise de Cristina, la chambre était l'endroit le moins élégant de la maison.

Mais tout ressemblait à des antiquités.

Il entra et regarda autour de lui.

Il y avait une variété d'appareils en bois et en métal.

Les dessins semblaient provenir de l'époque médiévale.

Les appareils semblaient suffisamment grands pour qu'une personne puisse s'asseoir ou s'allonger.

Plusieurs fouets et chaînes étaient accrochés au mur.

Il y avait de nombreuses cordes sur une table voisine.

Cristina a utilisé son doigt pour toucher un appareil métallique.

Elle lui tendit le doigt et le regarda.

Le bout de son doigt était recouvert d'une fine couche de poussière.

La pièce n'avait pas été utilisée depuis longtemps.

"Tu ne devrais pas être ici," dit Paul par derrière.

Cristina fut prise au dépourvu par le son de sa voix et sursauta.

Elle se retourna et vit Paul debout près de la porte.

"Oh je suis désolé."

« N'ai-je pas dit que cette pièce ne relevait pas de vos fonctions ? » demanda-t-il en entrant nonchalamment.

"Je sais. Mais c'était ouvert et j'étais curieux. Je pensais que tu voulais peut-être que je le nettoie."

"Non. J'avais prévu de le nettoyer moi-même plus tard."

Cristina déglutit.

"Votre nourriture est prête. Il commence à faire froid."

"Ça peut attendre", répondit-il en entrant dans la pièce pour examiner les appareils. "Il faut se demander de quoi il s'agit."

"Cela ressemble à une chambre de torture médiévale."

"Vous avez presque raison. Certaines de ces choses ont été construites il y a des siècles, à l'époque médiévale. Mais pas nécessairement pour la torture."

"Alors pour quoi faire ?"

"Plaisir. Plaisir sexuel", répondit-il sans détour.

Cristina était surprise.

"Je ne peux pas imaginer comment. Ces choses ont l'air si douloureuses."

"C'est le but."

"Donc ce sont des appareils de bondage, en gros ?"

Il acquiesca.

"Ces fétiches existent depuis des siècles. Pouvez-vous croire que ces appareils ont été construits pour les familles royales et la noblesse ?"

"Je ne serais pas surpris. La plupart des gens riches sont un peu dépravés."

Il haussa un sourcil.

« Est-ce que cela m'inclut ?

"Oh, non, je ne parlais pas de toi," recula-t-elle rapidement.

"Je plaisantais."

Cristina se détendit.

"Bien sûr. Alors pourquoi toutes ces choses sont-elles enfermées dans cette pièce ? Pourquoi ne les vendez-vous pas à un musée ou quelque chose comme ça ?"

"Peut-être un jour. Mais pour l'instant, j'écris sur eux dans mon livre. J'avais aussi prévu de les prendre en photo. C'est pour ça que la salle était ouverte."

"Votre livre doit être intéressant."

"Je l'espère", a-t-il répondu. "J'ai écrit sur le sexe. Le genre de domination sexuelle et d'esclavage."

Cristina haussa les sourcils.

"Vraiment ? Tu ne sembles pas être le genre d'homme pour ce genre de choses."

"Alors, à quel genre de gars est-ce que je ressemble ?"

"Je ne sais pas. Doux. Fraise. Sans vouloir vous offenser."

"Ne vous offensez pas", a-t-il répondu. "J'étais une personne très différente il y a des années. Je n'ai pas toujours été aussi solitaire."

"Quel changement ?"

Paul frotta ses doigts contre un appareil métallique.

"C'est une longue histoire. Vous pourrez lire mon livre quand j'aurai fini de l'écrire."

"Eh bien, j'attends ça avec impatience. On dirait que vous avez des histoires intéressantes à raconter."

"Savez-vous ce qu'est un Maître ?" demandé.

"Juste les bases," il haussa les épaules. "Un gars qui dirige les femmes. Des fouets. Des chaînes. Des fessées. Ce genre de chose, n'est-ce pas ?"

"En quelque sorte. J'ai été le maître de nombreuses femmes soumises. De belles femmes avec des désirs sombres."

"Les avez-vous frappés ?" » demanda-t-elle curieusement.

"Parfois."

« Qu'est-ce qui ne va pas avec ces appareils ? » elle a demandé. "Les avez-vous déjà utilisés sur vos esclaves ?"

"De temps en temps. Mais les méthodes ne sont pas importantes. Il ne s'agit pas de fessée ou d'appareils. Il s'agit d'abandon. Ils me donnent leur corps. Et j'en fais ce que je veux. Au final, le plaisir est réciproque."

Cristina resta silencieuse un moment.

Il regarda Paul droit dans les yeux et savait que chaque mot qu'il disait était vrai.

Elle savait que c'était quelque chose dont Paul avait fait l'expérience.

Elle savait que c'était quelque chose que Paul avait envie de refaire.

"Votre nourriture devient froide", dit-il.

"Est-ce que c'est tout ce qui t'importe ?"

Elle se figea un instant.

"Eh bien, c'est pour la restauration que vous m'avez engagé, n'est-ce pas ?"

"Tu es une fille intelligente", dit-il avec un léger sourire. "Je commence a t'aimer."

Paul s'est approché et a donné une tape amicale sur l'épaule de Cristina.

Il s'est ensuite retourné et a quitté la pièce tandis que Cristina restait confuse face à cette rencontre gênante.

Elle le suivit dans la salle à manger et le regarda manger.

CHAPITRE 7

Plus tard dans la même nuit.

C'était l'appel téléphonique dont Cristina craignait qu'elle arrive ces derniers mois.

"Comme ?!" » a demandé Cristina.

"Il est enfin temps", répondit sa mère. "Ton père et moi ne te soutiendrons plus financièrement. Nous sentons que tu es en âge de prendre soin de toi."

« Vous réalisez que vivre en ville coûte cher, n'est-ce pas ?

"Chérie, personne ne t'oblige à vivre en ville. Tu peux toujours te rapprocher de chez toi et trouver quelque chose de moins cher pour vivre."

"Non, merci," soupira Cristina.

"Je ne sais pas pourquoi tu es si surpris. Je te préviens depuis quelques mois. Quand j'avais ton âge, je..."

"Les temps ont changé maman. As-tu vu les informations ? Cette situation économique est difficile. Le coût de la vie est fou"

"Mais votre entreprise décolle", répondit sa mère.

"À peine."

"Vous devez avoir un peu plus de sens en affaires si vous voulez réussir. Il y a tellement de clients potentiels en ville. Tout ce que vous avez à faire est de les trouver. Vous êtes un excellent cuisinier et une bonne personne. J'ai confiance en toi, Cristina.

"Oui, tu as raison. Je pensais aller contacter plusieurs entreprises pour voir si elles avaient besoin d'un service de restauration pour les fêtes."

"C'est ça l'esprit d'entreprise", a répondu fièrement sa mère.

"Si seulement la vie était si facile."

"Les bonnes choses arrivent quand on persiste. En parlant de ça, tu travailles toujours avec Paul ? Comment ça se passe ?"

"Ça va bien", dit vaguement Cristina.

"Eh bien ? C'est tout ? Des détails intéressants ?"

"Pas vraiment. Je cuisine pour lui cinq jours par semaine. Il me paie beaucoup d'argent pour le service que je fournis. C'est un gars plutôt étrange."

"Regardez qui parle", a plaisanté sa mère.

"Drôle."

"Je plaisante. Tu as raison. Paul semble un peu distant. C'est un gars intelligent, cependant."

"C'est définitivement une personne intéressante", a répondu Cristina. "Et il me garde un emploi. Donc je ne peux pas me plaindre."

"Vous non plus. Si vous voulez que votre entreprise se développe, vous devez toujours laisser vos clients satisfaits. Cela a toujours fonctionné pour moi."

Cristina s'arrêta un instant.

"Tu sais, tu viens de me donner une idée."

"Je ne suis pas sûr d'aimer ce son."

"Merci maman. Tu es la meilleure."

"Eh bien, prends soin de toi, Cristina. Je te soutiens toujours. Je t'aime."

"Je t'aime aussi maman."

Une fois l'appel terminé, Cristina avait un ferme sentiment de détermination.

Elle était déterminée à réussir sans l'aide de ses parents.

CHAPITRE 8

Le lendemain.

Cristina attendit attentivement pendant que Paul mangeait son déjeuner.

Elle nettoyait la cuisine et s'occupait de quelques tâches ménagères pour lui.

Quand Paul eut fini de manger, elle retourna dans la salle à manger et lui prit l'assiette.

Avant que Paul n'ait eu la chance de partir, elle se tenait devant la table de la salle à manger avec une posture respectueuse.

"J'ai réfléchi", a déclaré Cristina, les mains jointes. "Cet arrangement a vraiment bien fonctionné. Je me suis occupé de la plupart de vos repas et de vos tâches ménagères , afin que vous puissiez vous concentrer sur votre travail."

Paul se pencha en arrière, sachant qu'une proposition allait arriver.

"Je suis d'accord. Cela a bien fonctionné. Mieux que ce à quoi je m'attendais."

"Alors, que ressentiriez-vous si je voulais étendre mes fonctions ici ? Pour de l'argent supplémentaire, bien sûr."

"Tu fais déjà plus que ce dont j'ai besoin. Et je te verse déjà un salaire extrêmement généreux."

"J'apprécie cela," dit poliment Cristina. "Mais tu en bénéficierais davantage si je faisais plus de choses pour toi. Le contact d'une femme est toujours utile à un homme célibataire."

Paul réfléchit un instant.

"C'est un point intéressant. Continuez."

"Je suis sûr qu'il y a plein d'autres choses que je pourrais faire pour toi."

"Comme quoi ?"

Cristina réfléchit un instant.

"Eh bien, c'est à vous de décider. Peut-être que je pourrais nettoyer ces appareils dans la pièce verrouillée. Cette pièce était poussiéreuse. Je pourrais faire un travail de nettoyage supplémentaire. Et peut-être que je pourrais organiser une fête pour vous."

"Pourquoi es-tu soudainement si intéressé par plus d'argent ?" » demanda Paul.

"Je pense que vous pourriez profiter de la touche féminine. Pensez à toutes les fêtes que vous pourriez organiser. Les gens adoreraient la nourriture. Votre vie sociale serait géniale."

"Dites-moi la vérité. Pourquoi avez-vous besoin d'argent supplémentaire ?"

Cristina s'arrêta une seconde.

"Mes parents ne vont plus me donner d'argent. Et le loyer dans cette ville est exorbitant. Si vous avez besoin que je fasse autre chose ici, je serais heureux de le faire."

Paul hocha la tête avec sympathie.

"Je t'aime en tant que personne, Cristina. Tu travailles dur et tu t'amuses à le faire. Mais je ne vais pas te donner d'argent gratuit, surtout quand je te paie déjà généreusement."

"Je comprends", répondit Cristina, essayant de contenir sa tristesse. "Merci de m'avoir écouté en tout cas. Je serai de retour demain."

"Je n'ai pas encore atteint mon point final", a-t-il ajouté. "Je vais essayer de penser à quelque chose. Quelque chose qui corresponde à vos compétences et attributs. Quand je trouverai quelque chose, je vous le ferai savoir et vous serez récompensé pour cela. Cela vous semble-t-il juste ?"

Elle a souri.

"Ça a l'air génial".

CHAPITRE 9

Les jours passaient.

Paul n'a jamais fait d'offre.

Cristina ne lui a jamais demandé parce qu'elle ne voulait pas être un ennui.

Elle prépara le déjeuner de Paul comme elle le faisait habituellement.

Paul descendit à la salle à manger plus tôt que d'habitude.

Il s'assit et attendit pendant que Cristina préparait encore tout.

"Ça a l'air bien", dit-il lorsque Cristina apporta l'assiette de nourriture.

C'était vraiment un moment étrange pour lui de la féliciter.

"Merci. C'est de l'agneau rôti avec des légumes cuits au four."

Paul s'assit à côté de lui.

"Asseyez-vous. Il y a quelque chose dont je veux discuter avec vous."

Cristina s'assit et attendit ce qu'il avait à dire.

"J'ai réfléchi à votre demande de travail supplémentaire", dit-il. "Surtout sur le besoin d'une touche féminine par ici. Quoi qu'il en soit, j'irai droit au but, je pourrais m'inspirer de certaines de vos œuvres pour mes écrits."

"Inspiration ? Comment ça ?"

"Peut-être que tu pourrais poser pour moi. J'ai eu du mal à écrire ces derniers temps et quelque chose à regarder pourrait m'aider."

Cristina eut une expression inquiète.

"Es-tu sûr que tu ne veux pas que j'organise une fête pour toi ou quelque chose comme ça ? Cela fonctionnera probablement mieux."

"L'idée d'organiser une fête ne m'intéresse pas", répondit-il en se penchant en arrière sur sa chaise. "Je suis désolé, je viens de demander. C'était inapproprié."

Elle réfléchit un instant.

"Combien d'argent proposeriez-vous ?"

"Tout dépend."

"De?"

"Du travail que vous ferez", dit-il. "Je n'ai jamais engagé de mannequin auparavant. Mais je sais que cela m'aiderait à écrire."

"Oh, eh bien, je garderai ça à l'esprit."

"Ne le fais pas. C'était une erreur de demander. Si cela ne te dérange pas, j'aimerais manger maintenant. J'ai autre chose à faire plus tard."

"Je le ferai!" » cria Cristina.

"Quoi?"

"Le poste de mannequin que vous m'avez proposé. Personne ne le saura, n'est-ce pas ? Cela reste strictement entre nous, non ?"

"C'est vrai," acquiesça-t-il. "Il n'y aura aucune trace de cela. J'ai juste besoin d'inspiration."

"Je suis intéressée."

Paul poussa un léger soupir.

"Je ne pense pas que tu comprennes. J'ai été précipité dans mon offre. Je ne pense pas que mes goûts soient pour toi."

"Pourquoi pas?"

"Parce que tu avais l'air si mal à l'aise dans la salle de domination."

Cristina était un peu déconcertée.

Il réalisa soudain que Paul cherchait l'inspiration pour ses histoires de domination.

Mais peu importe , il pensait à l'argent.

"Je peux apprendre à être à l'aise avec ça", a-t-elle répondu. "Donnez-moi juste du temps. Tant que personne ne le sait, tout ira bien."

Paul lui lança un long regard sceptique.

"Comme tu veux. Présente-toi ici demain matin à huit heures trente. Nous réglerons le problème à partir de ce moment-là."

"Merci."

Cristina se leva et tendit la main pour une poignée de main.

Paul tendit la main et lui serra la main.

CHAPITRE 10

Plus tard dans la même nuit.

Cristina était dans la cuisine en train de préparer les repas du lendemain.

Elle savait qu'elle n'aurait pas le temps de le faire le lendemain puisque Paul s'attendait à ce qu'elle soit là à huit heures trente du matin.

Une fois que tout fut préparé, Cristina se regarda dans le miroir.

Elle se demandait si elle était assez jolie pour poser pour Paul.

Il se demandait quelles surprises il y avait dans la pièce.

Que ce soit doux ou pas.

Et il se demandait de combien d'argent nous parlions.

Paul avait toujours été généreux en matière de paiements financiers.

Surtout, il se demandait quel degré de domination Paul souhaitait voir.

Le côté rationnel de Cristina contrôlait la situation : l'argent, c'est bien.

Et personne ne le saura jamais.

Mon petit secret avec Paul.

Elle se déshabilla et essaya de jolies tenues devant le miroir de la chambre.

Finalement, elle opta pour une simple robe jaune.

Ce n'était pas trop révélateur.

Et il n'était pas trop prude non plus.

C'était le bon milieu.

Elle s'est brossé les cheveux et a réfléchi à la quantité de maquillage à utiliser.

Elle a donc décidé de ne pas le faire.

Cela rendrait la situation trop délicate.

Tout était prêt.

Elle était prête à travailler.

CHAPITRE 11

Le matin du lendemain.

Cristina s'est présentée chez Paul à huit heures et quart.

Elle voulait s'assurer qu'elle était préparée à l'avance.

Elle portait sa robe jaune.

Ses cheveux étaient soigneusement peignés et son visage était démaquillé.

Elle était déjà naturellement jolie.

Après que Cristina ait placé les récipients de nourriture dans le réfrigérateur de la cuisine, elles se sont assises ensemble dans la salle privée, sur les appareils en bois.

"À quoi tu penses?" » a demandé Cristina.

"Ça dépend. Quelles sont tes limites ?"

Cristina haussa les épaules.

"Je ne sais pas. Je n'ai jamais fait ce genre de chose auparavant."

"Alors je suppose que nous ferions mieux de le découvrir."

Les yeux de Cristina balayèrent à nouveau brièvement la pièce.

C'était la pièce la plus ennuyeuse de la maison.

Les murs étaient lisses.

Mais il existait des appareils anciens de différentes tailles et formes.

Ils avaient tous l'air si intimidants.

"Je garderai l'esprit ouvert", a-t-il déclaré. "Mais je n'aime pas la douleur. Et je ne veux pas que tu me pousses trop vite. Il n'y a pas besoin de se précipiter. D'accord ?"

Il acquiesca.

"Merci d'avoir été clair. Vous devez savoir que je suis un homme très patient. Je fais cela depuis de nombreuses années avec d'innombrables femmes soumises. Je ne pousse jamais plus fort à moins qu'elle ne soit prête."

Ces mots envoyèrent une étrange sensation dans le dos de Cristina.

Je ne pouvais pas m'empêcher de penser à l'expression « femmes soumises ».

En l'espace d'un instant, elle réalisa qu'elle pouvait très bien se trouver dans la même situation que ces « femmes soumises ».

"D'accord," acquiesça-t-elle. "Merci. Alors, par où devrions-nous commencer ?"

Paul se leva et marcha lentement dans la pièce, regardant chacun des appareils tandis que Cristina était assise dans une position sage.

Il regardait chaque appareil d'une manière qui rendait Cristina nerveuse.

"As-tu déjà été attaché auparavant ?" » demanda Paul.

Cristina secoua la tête.

"Évidemment pas."

"Aimerais-tu être ?"

"Je ne sais pas."

Il désigna la table en bois.

"Pourquoi ne pas essayer ?"

"Je ne sais pas," haussa-t-elle nerveusement les épaules.

"Est-ce que c'est trop pour toi ? J'ai besoin de voir quelque chose pour m'inspirer. Te regarder assis là ne va pas m'aider beaucoup."

Cristina se leva lentement et prit une profonde inspiration.

"Je ferai ce que tu veux."

"Es-tu sûre ? Cristina, je ne veux pas que tu fasses quelque chose avec lequel tu n'es pas à l'aise. Je peux trouver d'autres moyens de te payer."

Elle prit une autre profonde inspiration.

"Non, j'en suis sûr. Nous sommes parvenus à un accord sur le modèle et j'ai l'intention d'aller de l'avant."

"Tu es sûre ?"

"Oui tout à fait."

"Alors allonge-toi", dit Paul en désignant la table en bois.

La table semblait terriblement inconfortable.

 ERIKA SANDERS

Il avait l'air vieux et rustique.

Mais il était suffisamment bas pour qu'une personne puisse facilement s'y allonger.

Il y avait de vieilles barres métalliques de chaque côté de la table, ce qui donnait à Cristina un sentiment d'inconfort.

Mettant ses sentiments de côté, il s'adossa à la table.

C'était douloureux et inconfortable comme elle s'y attendait.

Elle était convaincue que la table était conçue pour la torture et non pour le plaisir.

Il se demandait comment quelqu'un pouvait prendre plaisir à une chose pareille.

Il s'allongea au centre de la table et regarda directement le plafond.

"Je vais t'attacher les poignets", dit-il en se tenant au-dessus de sa tête.

Elle resta silencieuse un moment en regardant la silhouette de Paul se tenant au-dessus d'elle.

"D'accord," répondit-elle en levant ses poignets. "Avant."

Paul lui prit doucement les poignets et les amena vers la barre de métal posée sur la table.

Le bar était froid comme elle s'y attendait.

La texture de sa peau n'était pas très lisse, ce qui était le signe que la barre avait été fabriquée il y a longtemps, avant les machines modernes.

Il sentit ses poignets attachés à la barre avec une corde épaisse.

Cristina n'a pas pris la peine de regarder.

Elle gardait les yeux fixés sur le plafond.

"Fait mal?" demandé.

"Je ne vais pas bien."

Ses pas se faisaient entendre dans toute la pièce.

Cristina ne prit pas la peine de regarder Paul.

Mais il se demandait à quoi pensait Paul.

La voir dans une jolie robe, les poignets liés, doit être excitant pour Paul, pensa-t-il.

"Dites-moi encore", dit-il. "Quelle est ta limite ?"

Elle déglutit.

"Ne me fais pas de mal."

"Puis-je ouvrir ta robe?" » demanda-t-il d'une voix douce.

"Non, pas ça."

"Alors je suppose que tu as d'autres limites," répondit-il avec un léger sentiment d'amusement.

"Je suppose."

"Puis-je te toucher?" demandé. "C'est parfaitement bien si tu refuses. Mais puisque nous sommes arrivés jusqu'ici, et tu as certainement l'air attirante."

"Si tu veux," répondit-il timidement.

"Il ne s'agit pas de ce que je veux. Il s'agit de ce avec quoi tu es à l'aise."

Il se débattit un moment avec ses pensées.

"Je suis à l'aise avec ça. Ce n'est pas grave. Vas-y, si tu veux. Je veux dire, je suis à l'aise avec ça."

"Tu es sûre, Cristina ? Je ne veux pas te mettre la pression si tu n'es pas à l'aise."

"Tant que tu, tu sais..."

« Tant que je vous dédommage financièrement ? » demanda-t-il, à moitié amusé.

Son ton et sa formulation ont mis Cristina encore plus mal à l'aise.

"Oui," répondit-elle.

"Vous n'avez pas à vous inquiéter pour ça".

Cristina s'attendait à une plaisanterie plus sarcastique en réponse, mais Paul avait fini de parler.

Il se dirigea vers elle alors qu'elle restait allongée sur la table.

Cristina l'a vu regarder son corps.

Elle était visiblement nerveuse.

Elle ne savait pas ce qu'il préparait.

Ses yeux se régalaient et parcouraient son corps.

Finalement, cela fut décidé.

Et il a agi.

Paul se pencha et toucha le genou de Cristina.

Ce fut un contact soudain qui la prit par surprise.

Elle frémit.

« Est-ce que ça va, Christina ?

"Je vais bien. Je ne m'attendais pas à ça."

Il glissa sa main plus bas sur sa cuisse.

Sa main glissa plus profondément jusqu'à ce qu'elle se retrouve sous sa jupe jaune.

Cela mettait Cristina mal à l'aise, mais cela lui faisait aussi ressentir des picotements entre ses jambes.

Ses yeux restaient fixés sur le plafond.

« Ça vous dérange si nous continuons plus loin ? » demandé. "Nous sommes déjà arrivés jusqu'ici."

"Vas-y. Je m'en fiche."

"Tu es sûre ?"

"Je suis sûr."

Paul souleva la jupe de Cristina et la poussa vers le haut.

Sa culotte était exposée.

Paul glissa sa main sous la culotte de Cristina.

Naturellement, elle frissonna de nouveau, mais se retint.

La main de Paul lui frotta l'entrejambe.

Le corps et les pieds de Cristina étaient tendus.

"Vous devez vous détendre", a déclaré Paul. "Sinon, cela ne servira à rien."

"Bon."

Cristina a fait tout ce qu'elle pouvait pour détendre son corps.

Ses yeux restèrent fixés au plafond.

Elle se sentait trop gênée pour regarder Paul.

Elle lui laissa simplement lui caresser l'entrejambe.

Elle haleta pendant que Paul jouait avec son clitoris.

C'était une décision à laquelle je ne m'attendais pas.

Son instinct naturel était de tendre la main et de repousser la main de Paul, puis de se couvrir, puis de gifler Paul au visage, mais les cordes autour de ses poignets étaient tendues.

Elle tira doucement, mais en vain.

"Essayez-vous de sortir ?" » demanda Paul. "Si tu veux sortir, dis-le-moi et je te détacherai tout de suite."

"Je suis désolé. C'était une réaction instinctive."

"Eh bien, ne réagis pas comme ça. Ce n'est pas la réaction que je souhaite."

"C'est bon, je suis désolé."

Les doigts de Paul bougeaient dans un mouvement circulaire furieux sur son clitoris gonflé.

Cristina n'avait d'autre choix que de haleter.

Elle était trop choquée pour contenir ses sentiments.

Les doigts ne se sont pas arrêtés.

C'était un joli plaisir.

Elle ferma les yeux et apprécia le plaisir de Paul.

C'était une sensation de picotement qui parcourait son corps.

"Je peux dire que tu es proche", dit-il. "Détends-toi. C'est presque fini."

Les yeux toujours fermés, Cristina s'autorisa à profiter des doigts de Paul alors qu'ils se délectaient de son délicat petit clitoris.

Des instants passèrent avant que les doigts de Cristina ne se raidissent.

De brefs bruits haletants s'échappèrent de ses lèvres.

Ses yeux se fermèrent.

Ses muscles se contractèrent.

C'était un orgasme bien mérité malgré toutes les tensions de sa vie.

Finalement, son corps se détendit et Paul retira sa main de sa culotte.

Il remit sa robe dans sa position correcte.

Elle tapota la cuisse de Cristina, comme si elle avait fait quelque chose de bien.

"Vous avez certainement apprécié", dit Paul en commençant à lui délier les poignets.

Cristina se sentait libérée.

Elle se redressa et se frotta les poignets, légèrement rouges et douloureux à cause de la corde.

La sensation orgasmique a aidé à contrecarrer la douleur.

"J'ai aimé ça", a-t-elle répondu. "C'était sympa. Vraiment sympa. Mon Dieu, je n'ai pas ressenti ça depuis longtemps. Je veux dire, pas aussi bien que tu l'as fait."

"Je suis content que cela vous ait plu. Cela m'a rappelé beaucoup de souvenirs, qui m'aideront dans mon écriture. Vous avez été une merveilleuse petite inspiration pour moi."

"Je suis toujours heureux d'être à votre service."

"Excellent", acquiesça-t-il. "Je ne manquerai pas d'ajouter un bonus à votre chèque à la fin du mois. Je pense que vous avez gagné cinq mille dollars de plus avec cela."

Étonnamment, Cristina a ressenti un sentiment de honte.

Elle savait que Paul avait de bonnes intentions.

Il appréciait les cinq mille dollars supplémentaires, ce qui était bien plus que ce à quoi il s'attendait.

Mais un sentiment de culpabilité l'envahit, comme si elle venait de vendre son corps et sa sexualité pour de l'argent facile.

Cela la faisait se sentir impure et sale.

"Je ne suis pas une pute", lâche-t-elle, puis elle le regrette aussitôt.

"Je n'ai jamais dit que tu l'étais."

"Je suis désolée," répondit-elle. "J'apprécie vraiment tout. Mais je n'ai jamais utilisé mon corps comme ça, vous savez, pour gagner de l'argent."

Paul secoua la tête, déçu de lui-même.

"Ne sois pas désolé. C'est de ma faute. Je t'ai précipité. Je n'aurais pas dû te demander de devenir mannequin pour moi."

Cristina se leva et arrangea sa robe.

"J'ai apprécié", a-t-il déclaré. "Je l'ai vraiment fait. Mais c'était un peu étrange pour moi. Peut-être pourrons-nous recommencer la prochaine fois ? Juste un peu plus lentement."

"Je ne pense pas. Ce n'est clairement pas pour toi."

Cristina jeta un regard timide alors que la sensation d'orgasme coulait toujours dans son corps.

"Je vais préparer ton déjeuner maintenant", dit-il.

"Je peux le faire moi-même. Tu peux y aller."

Elle hocha docilement la tête.

"Je suis content que nous ayons fait ça."

"Moi aussi", répondit-il. "Mais nous ne devrions plus jamais refaire ça. A lundi."

Cristina hocha la tête, sachant que Paul avait déjà pris une décision ferme.

Il y avait maintenant une subtile gêne entre eux.

Après avoir échangé quelques mots supplémentaires, elle partit en se demandant ce que Paul pensait d'elle.

TROISIÈME PARTIE
LE NOUVEAU TRAVAIL

CHAPITRE 12

Plus tard dans la même nuit.

Cristina était assise devant son ordinateur et cherchait des moyens de solliciter de nouveaux clients.

Il a envoyé au moins une douzaine d'e-mails à différentes entreprises pour promouvoir son activité de restauration.

Je ne m'attendais pas à une grande réponse, mais cela valait la peine d'essayer et je n'avais rien à perdre.

Le téléphone a sonné.

C'est sa mère qui a appelé pour vérifier à nouveau.

Ils eurent leur petite conversation habituelle et il n'y avait pas grand chose à dire.

"Gérer ma propre entreprise est difficile", a déploré Cristina.

"Tu t'attendais à ce que ce soit facile ?"

"Je ne sais pas à quoi je m'attendais. Cela ne me dérange pas de travailler dur. J'adore cuisiner pour les autres. Mais, mon Dieu, j'ai besoin de plus de clients."

"D'après mon expérience, les affaires, c'est ce que vous connaissez", a répondu sa mère. "Une grande partie des affaires proviennent de relations personnelles. Alors sortez et essayez de rencontrer de nouvelles personnes au lieu de chercher en ligne."

"C'est logique, je suppose."

"Je suppose ? Quand est-ce que je me trompe ?"

"Je ne sais pas."

"N'aie pas l'air si déprimée, Cristina," dit sa mère. "Beaucoup de gens ont du mal à démarrer une nouvelle entreprise. Continuez simplement à essayer."

"Merci maman."

"Comment ça se passe avec Paul ? Est-ce qu'il te paie toujours généreusement ?"

"C'est compliqué", soupira Cristina. "Mais oui, il paie toujours bien."

"Il a l'air d'un gars compliqué."

"Tu n'en connais pas la moitié."

Il y a eu une pause au téléphone.

« A-t-il essayé quelque chose avec toi ? » » demanda prudemment sa mère.

Cristina n'a pas tardé à mentir.

"Pas question. Bien sûr que non."

"Tu peux me dire la vérité. Je suis là pour toi."

"Maman, ce n'est pas mon genre. S'il bougeait, je le frapperais à la tête avec ce qu'il a cuisiné ce jour-là."

"Cela ressemble à l'esprit de la Cristina que je connais", rigola sa mère.

« Hypothétiquement parlant, et si je le faisais ? Je veux dire, que ressentirais-tu à ce sujet ?

"Si Paul bougeait ?"

"Oui", a répondu Cristina. "Comment te sentirais-tu?"

Il y eut une autre pause sur la ligne.

"Je suppose que c'est à toi de décider. S'il t'invite à sortir, c'est ta décision."

"Vraiment?"

"C'est ta décision, Cristina. Mais s'il essayait de te toucher les fesses dans la cuisine, alors je te suggérerais de lui verser un peu de ta fameuse sauce piquante sur la tête."

"Bien sûr que oui," répondit Cristina d'une voix sarcastique.

"On dirait que tu as quelque chose en tête."

"Plus maintenant. Merci maman, tu es la meilleure. Je dois te quitter."

"Au revoir je t'aime."

"Je t'aime aussi maman."

L'appel a pris fin et Cristina s'est penchée en arrière sur sa chaise.

Elle pensa à Paul et à l'orgasme qu'elle avait reçu ce jour-là.

Il se souvenait encore très bien de ces sentiments.

Chaque contact, chaque émotion.

La sensation du bois dur contre son corps.

La sensation de la main de Paul contre sa chatte.

Et surtout l'orgasme.

La domination n'a jamais été son truc, mais ça faisait du bien.

Il a cherché en ligne et recherché différents termes.

Cela lui donnait l'impression d'être à nouveau une étudiante alors qu'elle faisait des recherches.

Il fit plusieurs recherches sur l'esclavage et ses plaisirs.

Elle a regardé plusieurs images.

Cela l'excita à nouveau et elle glissa une main dans sa culotte.

CHAPITRE 13

Lundi matin.

Cristina a fait un effort pour paraître belle lorsqu'elle est allée chez Paul.

Elle portait une robe bleue et ses cheveux étaient bien coiffés.

Paul ne prêta pas beaucoup d'attention à son apparence lorsqu'il ouvrit la porte pour la laisser entrer.

"Nous pouvons parler?" » a demandé Cristina. "A propos des affaires, je veux dire."

"Bien sûr."

"Super. Attends."

Cristina mit la nourriture dans la cuisine et se dirigea vers le salon spacieux où Paul était assis.

Elle s'assit devant lui.

"J'ai beaucoup réfléchi ce week-end", a-t-il déclaré. "À propos de notre relation."

"Moi aussi," dit-il, ne la laissant pas finir ses pensées. "Je pense que nous devrions mettre un terme à cela. Il est clair pour moi que notre relation commerciale est compromise. J'ai déjà commencé à chercher un remplaçant pour mes besoins domestiques."

Cristina se figea un instant alors que la nouvelle s'imprégnait lentement.

"Quoi ? Non. Ce n'est pas ce que je voulais."

"Je pense que c'est pour le mieux", a-t-il répondu. "Tu es une jeune femme brillante. Tu trouveras ta place dans ce monde."

L'air stupéfait resta sur son visage. "

Ce n'est pas ce à quoi je m'attendais. "Je pensais que notre conversation allait être très différente."

"Qu'est-ce que vous attendiez?"

"Je suis venu ici pour vous dire que j'étais intéressé à continuer, vous savez, ce que nous avons fait vendredi dernier."

Il haussa un sourcil.

"Vraiment ? Et pourquoi tu veux ça ?"

« Est-ce que je dois vraiment le dire ?

"Ouais."

Elle prit une profonde inspiration.

"Évidemment, j'aime travailler ici. J'apprécie les avantages sociaux. Je pense que tu es un excellent patron, le meilleur que je puisse avoir. Et ce que nous avons fait la semaine dernière, dans le salon, m'a beaucoup plu. Je pense que j'avais peur au début. , mais j'ai beaucoup réfléchi et cela ne me dérangerait pas si nous continuions.

"Intéressant."

"Ça tu crois?" elle a demandé.

"Tu n'es pas aussi timide que je le pensais. Je ne m'attendais jamais à ce que tu viennes me dire ces choses directement. Je suis impressionné."

Elle sourit, "merci".

« Que devrait-il se passer ensuite ?

"Je ne sais pas," haussa-t-il maladroitement les épaules. "Cela dépend de vous. Mais j'aimerais que notre relation commerciale se poursuive."

"Soyez courageuse, Cristina. Dites-moi ce qui se passera ensuite. Tout de suite. Je veux savoir ce que vous pensez. Surprenez-moi."

Elle rassembla son courage et lança à Paul un regard déterminé.

Ses lèvres se resserrèrent et son nez se rétrécit légèrement.

Ses yeux étaient fixés sur Paul, qui était stoïque, attendant qu'elle fasse quelque chose d'audacieux.

Cristina se leva et effleura sa robe avec ses mains.

Ses doigts s'enroulèrent autour des bretelles de sa robe.

Elle écarta les bretelles et bougea son corps, permettant à la robe de tomber au sol.

Elle se tenait devant Paul dans son soutien-gorge et sa culotte blancs, avec sa belle robe autour des chevilles.

"Qu'es-tu en train de faire?" » demanda-t-il sans émotion.

"Je montre mon dévouement au travail."

"Peut-être que tu m'as mal compris. Je ne pense pas que ce soit la bonne voie pour toi."

"Tu ne me dis pas d'arrêter", répondit-elle. "Et je ne t'entends pas te plaindre non plus."

Les yeux de Paul parcouraient son corps légèrement vêtu.

Elle était de corpulence moyenne, un peu maigre.

Petits seins et hanches étroites.

Il était clair qu'il faisait rarement de l'exercice car son tonus musculaire était faible.

"Tu es plutôt attirante", nota-t-il.

Elle ôta sa robe et fit plusieurs pas en avant jusqu'à se tenir directement devant Paul.

"Voici l'affaire", dit-il hardiment. "Le nouveau contrat. Je serai ton fournisseur exclusif. Je serai également ton modèle chaque fois que tu le jugeras nécessaire. Tu peux me faire jouir si tu veux. Si je me sens vraiment bien, je te rendrai la pareille pour gratuit."

Il haussa un sourcil.

"Voulez-vous me rendre la pareille ?"

"Je vais te faire jouir. Gratuitement. Je ne suis pas une prostituée. Considérez cela comme une gratification de la part d'un destinataire reconnaissant."

"Cela ressemble à une relation commerciale inhabituelle."

"De toute façon, nous avons déjà franchi la ligne", a-t-il déclaré.

"Je vais devoir y réfléchir."

Cristina se pencha et attrapa le poignet de Paul, déplaçant sa main vers sa culotte.

Il toucha l'extérieur de sa culotte et frotta entre ses jambes.

"Réfléchissez vite", dit-elle. "Sinon, je retirerai l'offre."

Il eut un sourire sans enthousiasme.

"La nouvelle Cristina audacieuse. Je l'aime bien."

"Moi aussi."

Paul appuya plus fort ses doigts contre la culotte de Cristina.

Elle gémit au contact chaud.

Elle gémit encore plus lorsque Paul glissa sa main dans sa culotte, touchant sa chatte nue.

Elle était excitée et cela ne faisait aucun doute.

"Tu es mouillée", nota-t-il en la regardant.

"Je sais."

"Enlève ton soutien-gorge. Laisse-moi te voir."

Cristina tendit la main pour dégrafer son soutien-gorge et le jeta sur le canapé.

Ses petits seins gaies ont été libérés.

Ses mamelons étaient roses et petits.

Ils se durcirent rapidement à cause de l'air froid et de l'excitation sexuelle évidente.

Elle a résisté à l'envie de couvrir ses seins avec ses mains parce qu'elle ne s'était toujours pas sentie en sécurité à propos de sa poitrine.

Mais elle essaya d'être courageuse et poussa sa poitrine vers l'avant.

"Tu aimes?" elle a demandé.

"J'aime les seins de chaque femme. Chacune est unique et spéciale à sa manière. La vôtre ne fait pas exception. Elles sont ravissantes."

"Merci Monsieur."

« Monsieur ? » » a-t-il demandé rhétoriquement. "Je pense que tu sais ce que j'aime."

"Et qu'est-ce que vous aimez?" » demanda-t-elle timidement.

"Propriété."

"Oh..."

Paul a utilisé ses deux mains pour tirer la culotte de Cristina vers le sol, laissant la jeune fille complètement nue, de la tête aux pieds.

Il se leva et prit Cristina par la main.

"Suivez-moi", dit-il. "Il y a quelque chose que j'aimerais te montrer."

Il a conduit Cristina dans le couloir tout en lui tenant la main de manière romantique.

Cristina était nerveuse, mais elle continuait à son rythme.

Elle savait qu'ils se dirigeaient vers la salle de bondage.

L'idée la rendait excitée et nerveuse.

La porte était entrouverte et Paul l'ouvrit.

Il alluma les lumières et ils entrèrent.

L'air était froid, ce qui rendait les mamelons de Cristina encore plus durs.

Son regard se déplaça et il se demanda ce que Paul avait prévu.

"Vous avez un nouvel ensemble de responsabilités", a déclaré Paul. "J'attends une obéissance totale. J'attends que tu sois nu à tout moment. Compris ?"

"Oui, je comprends."

"Penchez-vous sur la table", dit-il. "Sur le ventre. Je vais t'attacher. Je veux que tu jouisses à nouveau."

"Oui monsieur."

Cristina regarda la table d'un air intimidant.

C'était une table différente de la précédente.

Mais cela semblait tout aussi inconfortable et douloureux.

Le bois avait l'air vieux, et la charpente métallique aussi.

Cela ne servait à rien de se plaindre.

Elle fit ce qu'on lui disait et posa ses seins et son ventre nus sur la table en bois.

C'était plus inconfortable que ce à quoi je m'attendais.

Le bois était froid et piquait ses tétons sensibles.

Ses yeux regardaient vers le sol.

Elle entendit Paul marcher dans la pièce avant de s'approcher d'elle.

"Je vais t'attacher", dit-il. "Détendez vos bras et vos jambes. C'est un processus simple si vous êtes calme."

"Bon."

"Es-tu sûr de vouloir ça ?"

"Oui," répondit-elle.

"Parce que?"

"Parce que je veux jouir à nouveau."

Cristina n'a pas reçu de réponse.

Au lieu de cela, elle sentit Paul attacher chacune de ses chevilles au cadre métallique froid de la table.

C'était inconfortable et un peu effrayant.

Chaque nœud était très serré.

La corde était épaisse, ce qui lui faisait mal à la peau.

Le même processus a été effectué sur leurs poignets.

Chaque poupée était attachée à la structure métallique de la même manière.

Quand il eut fini, ses chevilles et ses poignets étaient étroitement attachés à la table.

Elle était face contre terre, le ventre nu et ses seins fermement pressés contre la surface en bois.

C'était un sentiment assez terrifiant de savoir qu'elle avait donné à Paul un pouvoir absolu sur son corps.

Elle était clairement et complètement impuissante.

Quelque chose lui frappa les fesses.

C'était dur, mais en même temps doux.

Je n'étais pas sûr de ce que c'était.

Puis elle sentit les doigts de Paul effleurer ses fesses.

"Ça te dérange si je te touche comme ça ?" » demanda-t-il, connaissant la réponse.

"Non."

"Bien. J'aime ta peau. Tu es très tendre..."

La main de Paul parcourait ses fesses, sentant chaque courbe.

Il lui massa chacune des fesses avec ses mains fortes.

Puis il sentit à nouveau quelque chose de dur lui toucher les fesses.

Il avait une surface incurvée et lisse.

"Qu'est ce que c'est?" elle a demandé.

"C'est un vibromasseur. En avez-vous déjà utilisé un auparavant ?"

"Non."

"Voudrais-tu le ressentir ?"

"Je suis ouvert à cela."

"Bonne fille."

Un bourdonnement retentit soudain dans la pièce et envoya un frisson dans le dos de Cristina.

Ses yeux restaient fixés sur le sol alors qu'il écoutait le bourdonnement.

Son corps trembla violemment au moment où le buzz toucha le bout de son clitoris.

C'était douloureux, dans le mauvais sens comme dans le bon.

Elle essaya de le combattre, en luttant contre les cordes, ce qui fut inutile.

Le bourdonnement s'est arrêté.

« On finit ça ? » demandé.

"Non. S'il vous plaît, non. Je vais arrêter de bouger."

"Prends le contrôle Cristina."

Le bourdonnement revint lorsque le vibrateur se réactiva.

Il toucha son clitoris et Cristina fit de son mieux pour rester immobile.

Elle combattit l'envie de se battre en acceptant la sensation de vibration contre sa zone la plus sensible.

Ses doigts s'enroulèrent violemment.

Il serra les dents en fermant la mâchoire.

Ses poings se serrèrent fermement.

Se faire torturer le clitoris avec un vibromasseur était la dernière chose à laquelle elle s'attendait.

Cela bourdonnait et bourdonnait.

La pointe du vibrateur était maintenue contre son clitoris jusqu'à ce qu'elle pense qu'elle allait exploser.

Juste avant qu'elle soit sur le point de crier d'agonie, Paul a déplacé le vibromasseur et l'a poussé dans sa chatte.

C'était un sentiment surréaliste.

Cela faisait longtemps qu'elle n'avait pas été pénétrée par autre chose que ses doigts.

La vibration à l'intérieur de sa chatte était un mélange de douleur et de plaisir.

Paul a habilement poussé et tiré sur le jouet sexuel.

Cristina a fait tout ce qu'elle pouvait pour ne pas crier.

"Est-ce que tu t'amuses avec ça ?" a-t-il demandé en plaisantant.

Cristina haleta.

"Je... je... euh..."

"Oui ou non?"

"Oui ! Mon Dieu, oui."

Paul a poussé l'appareil plus loin dans la chatte de Cristina, la faisant haleter davantage.

Il était presque essoufflé lorsqu'il entra complètement dans son corps.

Ses bras et ses jambes tiraient sur les cordes, mais en vain.

Elle était coincée avec le puissant vibromasseur à l'intérieur de son vagin humide.

"Tu es proche?" demandé.

Elle avait du mal à trouver les mots.

"Oui presque..."

"Jouis pour moi, bébé."

Le vibrateur a été poussé et tiré sans pitié dans la chatte de Cristina.

Elle essayait de détendre son corps, ce qui lui permettait toujours d'atteindre plus facilement l'orgasme.

Elle a fait de son mieux pour détendre ses muscles vaginaux après l'étirement, permettant à Paul de faire ce qu'il voulait.

Son orgasme était imminent à cause du vibromasseur.

Et c'était un orgasme comme je n'en avais jamais ressenti auparavant.

Être ligotée et fessée pendant qu'un objet vibrant était enfoncé dans sa chatte était une combinaison puissante.

Les orteils de Cristina se cambrèrent davantage et ses poings se resserrèrent plus fort.

Chaque muscle de son corps se contracta.

Ses halètements et ses gémissements sont devenus plus durs.

"Oh mon Dieu... Oh mon Dieu... Oh mon Dieu..."

Soudain, l'appareil est passé à une vitesse plus élevée et les vibrations sont devenues beaucoup plus fortes.

Cristina a crié à cause de la puissante vibration alors qu'elle était poussée et tirée dans sa chatte.

Elle a pleuré.

Elle a ensuite sangloté de manière incontrôlable alors qu'elle atteignait son apogée.

Un afflux de liquide jaillit de l'intérieur de sa chatte, salissant la table et laissant une flaque d'eau sur le sol dur.

D'autres poussées provenaient du vibrateur électrique jusqu'à ce que les fluides s'arrêtent.

Paul a retiré le vibromasseur de la chatte de Cristina, ce qui a fait un fort bourdonnement.

Puis il l'a éteint.

Lorsque l'agression vaginale fut enfin terminée, la chatte de Cristina était en désordre.

Son humidité était comme une petite rivière orgasmique.

Sa chatte brillait de ses fluides vaginaux.

La table était mouillée.

Et les liquides tombaient sur le sol comme un robinet qui fuit.

Cristina était à peine consciente alors qu'elle retrouvait lentement son calme.

C'était de loin le meilleur orgasme qu'elle ait jamais connu de sa vie.

Il entendit les pas de Paul s'approcher de sa tête.

Paul se pencha et lui embrassa les cheveux.

Elle se demandait pourquoi Paul ne l'avait pas encore détachée.

"Nous avons... nous avons... terminé..." réussit-il à parler.

"Pas encore. Tu te souviens de ta promesse ?"

"Laquelle d'entre elles ?" elle gémit.

"Tu as dit que si je te faisais jouir, alors tu me rendrais la pareille. Alors, comment s'est senti ton orgasme ?"

"Un... putain... incroyable," lâcha-t-il.

Paul lui sourit.

"Bonne fille. Maintenant, as-tu envie de rendre la pareille ?"

"Oui monsieur. Allez-vous me détacher ?"

"Je t'aime bien dans cette position."

Cristina entendit le bruit de l'ouverture du pantalon de Paul.

Elle savait exactement ce que Paul voulait.

Il se tenait toujours juste à côté de son visage, ce qui signifiait qu'il n'était pas intéressé à la baiser, du moins pas ce jour-là.

Il leva les yeux alors que Paul se rapprochait de son visage.

Elle vit sa bite dure pointée directement vers ses lèvres.

Ce qu'il voulait était évident.

Avec un cœur lubrique, Cristina ouvrit la bouche tandis que Paul faisait un autre pas en avant, entrant entre ses lèvres.

Il n'y avait aucun processus de ressenti et pas de temps pour s'adapter.

Paul a simplement poussé ses hanches vers l'avant pour que Cristina puisse sucer comme le devrait un bon soumis.

"Mon Dieu. Tu as des lèvres d'ange", dit-il, impressionné par ce qu'il ressentait sur sa queue.

Le sexe oral n'a jamais été le truc de Cristina.

Elle n'a jamais été très douée dans ce domaine, et cela n'a jamais été sa préférence.

Mais avec Paul, elle avait hâte de lui plaire.

Surtout avec la puissante sensation orgasmique qui traverse toujours son corps.

Son manque de compétences n'était pas un problème puisque son corps était toujours attaché à la table.

Paul a fait tout le travail, poussant doucement ses hanches d'avant en arrière.

Tout ce dont il avait besoin c'était d'une bouche chaude pour baiser.

Tout ce que Cristina avait à faire était de garder ses lèvres serrées autour du membre dur de Paul et de le sucer.

"Putain, je vais jouir," grogna Paul. "Et tu vas l'avaler."

Son sens du commandement était passionnant pour Cristina, pour une raison qu'elle ne comprenait pas.

Elle sentit les mains de Paul lui frotter les cheveux pendant qu'elle suçait.

Elle sentit son membre devenir encore plus raide dans sa bouche.

Elle a fait de son mieux pour utiliser sa langue sur son membre, ce qui, on lui avait toujours dit, lui faisait du bien.

La bite s'enfonça dans sa bouche, la faisant vomir.

Le réflexe nauséeux était terrible.

Mais Paul imaginait tout ce que Cristina pouvait gérer, alors il n'a jamais poussé trop fort.

C'était le signe d'un professionnel, pensa-t-elle.

Elle regarda Paul se caresser jusqu'à l'orgasme, alors que le bout de son érection était toujours dans sa bouche.

Elle gardait ses lèvres étroitement fermées autour de lui.

Paul grogna en la caressant furieusement.

Quelques secondes plus tard, sa langue était couverte du sperme de Paul.

Jet après jet.

Cela avait une saveur différente.

Elle déglutit difficilement pour empêcher sa bouche de déborder.

Quelques secondes plus tard, le flux de sperme s'est arrêté et Cristina a tout avalé.

"Oh mon Dieu," dit Paul en retirant sa bite de sa bouche. "C'était merveilleux. Où as-tu appris à sucer comme ça ?"

Il se pencha un moment, avant de se lever pour fermer son pantalon.

Puis il se pencha pour détacher Cristina.

Lorsqu'elle a été libérée, elle s'est caressée les poignets et les chevilles, qui portaient des marques rouge foncé.

Elle réalisa rapidement qu'elle était toujours complètement nue et qu'elle s'en fichait.

Elle aimait être nue devant Paul.

"J'ai vraiment apprécié toute cette expérience", a-t-il noté avec assurance.

Paul lui toucha le cou et l'embrassa sur le front, puis davantage sur ses joues.

Finalement, il déposa plusieurs baisers dans ses cheveux.

"Moi aussi. Notre partenariat va très bien fonctionner. Pensez à toutes les possibilités que nous pouvons partager ensemble."

"Je sais."

"Tu es comme un papillon qui grandit sous mes yeux", dit-il.

"Tout est de ta faute," sourit-il. "Maintenant, si vous voulez bien m'excuser, j'ai préparé quelque chose de très spécial pour le déjeuner. Vous allez adorer. Je suis sûr que vous avez ouvert l'appétit, alors je ferais mieux d'y aller maintenant."

Cristina se leva et se dirigea nue vers la porte.

Il y avait de la confiance dans sa démarche.

Elle adorait être nue.

C'était amusant.

Des liquides coulaient sur ses jambes.

Le goût du sperme était toujours dans sa bouche.

Puis elle s'arrêta lorsqu'elle atteignit la porte et se tourna pour regarder Paul, fière de son corps nu.

Elle lui a dit de ne pas s'inquiéter du désordre dans le salon, elle le nettoierait plus tard.

Cela faisait partie de ses nouvelles fonctions.

TRAHI

61

CHAPITRE I

Becky entendit la clé claquer dans la serrure.

Il descendit les escaliers en courant, alluma la lumière du couloir et ouvrit la porte.

Jack se tenait là sous la pluie, la capuche sur la tête, la clé arrêtée dans sa main alors que ses yeux sombres la fixaient.

"Oh mon Dieu, tu es venu," dit joyeusement Becky.

Elle sauta en avant et passa ses bras autour de ses épaules pour le serrer dans ses bras , sentant la pluie recouvrant son manteau s'infiltrer dans le haut de ses vêtements moulants.

Elle s'en fichait.

Son homme était là et c'était tout ce qui comptait.

Elle libéra Jack de son étreinte effusive et posa ses mains trempées sur son visage.

Son expression sérieuse n'avait pas changé.

" Qu'est-ce qui ne va pas ? " dit-elle.

"Nous devons parler."

Becky sentit son estomac se serrer, mais elle s'écarta pour laisser Jack entrer et enlever ses bottes mouillées.

Il entra dans le salon, se frottant nerveusement les bras en attendant que Jack lui annonce la mauvaise nouvelle, quelle qu'elle soit.

Il entra ensuite dans le salon, toujours avec une expression grave sur son visage hagard.

"Donnez-nous à boire s'il vous plaît", dit-il.

Becky se dirigea vers le chariot d'alcool et versa deux eaux-de-vie .

Sa main trembla alors qu'il lui tendait l'un des verres et il but le sien rapidement.

Jack s'approcha du canapé avec ses chaussettes bien humides.

L'image qu'il donnait ainsi était un peu comique.

Elle aurait ri si le moment n'était pas assez tendu.

Il s'assit sur le bord du siège, sans s'ajuster, sans ôter son manteau alors qu'il s'apprêtait à annoncer la mauvaise nouvelle.

Il but une grande gorgée de cognac avant de parler.

"Elle sait tout de nous", dit-il après avoir bu l'alcool avec un dernier soupir.

Becky sentit ses genoux s'affaiblir et son cœur s'emballer.

Il se versa un autre verre de cognac.

Il se dirigea vers le canapé devant Jack et s'assit.

"Comme ?" Dit-il après une autre gorgée de liquide chaud.

"J'ai dit."

Becky fronça les sourcils.

"Tu lui as dit ? Pourquoi diable ?"

"Je n'en pouvais plus."

Becky se leva.

"S'il te plaît, dis-moi que tu plaisantes, Jack."

Il secoua la tête en signe de déni.

"Pourquoi diriez-vous à votre femme que vous la trompez ?"

Jack leva les yeux sous ses sourcils broussailleux qui le faisaient ressembler à un chiot espiègle.

"Je ne la voyais pas indifférente et calme alors qu'elle continuait à cacher notre sale secret."

"Notre sale secret. C'est tout ce que cela représente pour lui ?" Pensa Becky.

"Eh bien, qu'a-t-elle dit ?", a déclaré Becky, faisant semblant de ne pas avoir entendu le dernier commentaire alors qu'elle faisait les cent pas à travers la pièce.

"Elle est prête à nous donner une autre chance. Si cela s'arrête."

Becky s'arrêta de marcher et regarda le visage de Jack.

"Non ? Tu veux dire que toi et elle êtes ensemble après lui avoir dit ?"

Jack hocha la tête.

« Est-ce que tu vas me laisser comme ça ? Parce qu'elle le dit ?

"Elle est mon épouse."

"Et qu'étais-je ?"

"Tu sais ce que c'était. Je t'ai dit que je ne quitterais jamais ma femme. C'était toujours du sexe entre toi et moi."

« Vous savez ce que c'était. Passé. C'était déjà fini dans son esprit. Comment aurait-il pu me faire ça?'

Même s'il avait dit qu'il ne quitterait jamais Mary, Becky pensait pouvoir le convaincre qu'elle était vraiment la femme dont il avait besoin.

Et ce n'est pas comme ça ?

Cela ne semblait pas être le cas.

Jack avait fini son verre et se leva pour partir.

Becky s'est approchée de lui.

" Alors c'est tout ? " dit-elle en le regardant. "Tu me le laisses tomber comme ça et tu t'en vas ?"

Jack soupira alors qu'il la repoussait et se dirigeait vers le couloir.

"Becky, j'ai des enfants", dit-il, maintenant exaspéré.

Oh non, il n'allait pas s'en sortir aussi facilement.

Avant, c'était que compliments, taquineries et messages érotiques, avec beaucoup de bisous à la fin pour me garder enchanté.

C'est ce que chacun fait, pour obtenir ce qu'il veut.

Puis, quand ils en ont assez, ils se mettent sur la défensive et essaient de se débarrasser de vous.

Le vrai visage de Jack était désormais visible.

Elle n'était pour lui qu'un morceau de viande, une baise facile.

Une racaille.

Une pute.

C'était ainsi que les hommes l'avaient toujours traitée. Jack n'allait pas être différent.

" Et alors ? Beaucoup de gens divorcent de nos jours. Les enfants s'en remettent. Ils ont toujours leurs deux parents ", dit-elle froidement.

"Ce sont des garçons, Becky," rétorqua Jack. "Ils ont besoin d'une famille. De sécurité. D'un père qui est toujours là. Pas de quelqu'un qui vient plusieurs fois par semaine."

Et moi ? pensa-t-elle de manière quelque peu égoïste.

La femme qui ne peut pas avoir d'enfants.

La femme qui sera toujours et toujours définitivement stérile, incapable de donner une famille à un homme.

Le phénomène.

Le rare.

Celle qui n'est bonne qu'à s'amuser, à baiser.

Qui l'aimerait vraiment ?

"Je viendrai chez toi", menaça-t-il. "Je vais lui dire ce que nous avons fait. Comment tu m'as emmené dans les bois dans ta voiture et m'as baisé sur la banquette arrière. Où ses enfants sont assis tous les jours sur le chemin de l'école. Comment tu m'as emmené au même restaurant où tu lui a proposé. " Voyons si elle change d'avis alors. "

Jack se tourna vers la porte, ses doigts quittant la capuche qu'il était sur le point de soulever au-dessus de sa tête.

"Tu ne le feras pas".

"Regardez-moi."

Becky vit, pour la première fois, un regard dans les yeux de Jack qu'elle avait déjà vu chez de nombreux hommes.

Dégoûter.

Tout ce qu'ils avaient eu entre eux, tout ce qu'elle avait été pour lui avait disparu.

Elle savait qu'elle ne récupérerait jamais ça.

Sa lèvre supérieure se retroussa alors qu'il tirait sa capuche sur sa tête et se penchait pour attraper ses bottes.

Becky sentit la chaleur disparaître de sa chair, la sensation froide d'être laissée pour compte revenir.

Abandon.

Elle l'avait ressenti trop de fois auparavant.

"Tu ne peux pas me quitter, Jack," plaida-t-elle, sentant le flot familier de larmes couler de ses yeux.

"C'est fini," dit-il sèchement, la voix pleine de colère.

"Ne me fais pas ça, Jack. S'il te plaît!"

Il noua le lacet de sa botte et se redressa, la regardant sous l'abri de sa capuche.

"Ne vous approchez plus jamais de moi ou de ma famille. Si vous le faites, j'appellerai la police."

Il leva la main et laissa tomber sa clé par terre.

La clé qu'elle lui avait donnée dans l'espoir qu'il y verrait sa véritable maison, celle dans laquelle il finirait par vivre de façon permanente.

Ce fut le dernier coup de couteau dans son cœur.

Il ouvrit la porte et fit un pas rapide vers le jardin.

Becky se tenait sur le tapis, les joues brillantes de larmes dans la lumière vive du salon, regardant sa grande silhouette avancer sous la pluie.

Loin d'elle.

Retour à sa famille.

Hors de sa vie pour toujours.

CHAPITRE II

Becky regarda dans son verre et sentit sa tête tourner.

Le whisky lui laissait un goût aigre et amer sur la langue.

Les doigts tremblants sur le verre, elle le ramassa et le jeta contre le mur de la cheminée.

Il est entré en collision avec le miroir, provoquant l'explosion d'éclats de verre qui se sont ensuite répandus en cascade sur le sol et sur une épaisse moquette.

Elle sauta du canapé et se dirigea vers le téléphone.

Les larmes lui montèrent aux yeux lorsqu'elle attrapa le combiné, mais elle se dit qu'elle n'allait plus pleurer.

Elle se mordit la lèvre et composa le numéro avec détermination.

Après quelques instants, une voix masculine bourrue répondit.

"Salut?"

"Harry, c'est Becky," dit-elle, étouffant son ivresse avec un reniflement.

"Becky ? Jésus, pourquoi appelles-tu maintenant ? Il est deux heures du matin."

"Je suis désolé. C'est juste... j'ai besoin d'être avec quelqu'un."

"Quoi ? Tout de suite ?"

"Ouais."

Il entendit un bruissement à l'autre bout du fil, le crépitement de la gorge séchée par la cigarette d'Harry alors qu'il se déplaçait autour du lit.

"Est-ce que tu me réveilles vraiment pour faire l'amour au milieu de la matinée ?"

Becky sentit un nœud dans son estomac à ces mots.

Et si elle n'avait pas vraiment besoin de quelqu'un pour se satisfaire ?

Cependant, Harry s'en fichait.

C'était juste un homme typique avec une seule chose en tête.

Elle a arrêté la tentation d'exploser.

"Pourquoi pas ? C'est un moment aussi agréable qu'un autre", dit-elle, quelque peu agitée.

"Je dois me lever à six heures."

"Et alors ? Tu peux dormir demain soir. Et au moins tu iras au travail satisfait au lieu de bâiller."

"Je suis dévasté en ce moment. La seule façon de ne pas aller au travail en bâillant est de dormir quelques heures de plus et de ne pas faire d'exercice."

Becky pinça les lèvres de frustration et attrapa ses cigarettes placées à côté du téléphone.

Il en alluma une et en but une longue et profonde bouffée, puis se frotta la tempe avec son pouce tout en soufflant l'épaisse fumée.

"Je ferai ce que tu veux", dit-elle, et la nicotine lui donna assez de force pour essayer de le séduire.

" Le quoi ? " dit Harry.

"Je vais te mettre la langue dans le cul. Je te mangerai comme un homme mange une femme."

Il y eut une pause et il put sentir Harry penser à l'autre bout du fil.

Peu de femmes étaient prêtes à manger le cul d'un homme et Harry avait un anus particulièrement sensible, sa langue ayant la capacité de faire fléchir tout son corps et de crier en même temps.

Cependant, il semblait qu'il était vraiment fatigué ce soir. Même cela ne suffisait pas à le tenter.

"Oh, Becky. Tu n'aurais pas pu appeler à un meilleur moment ?"

"Je vais mettre ma sangle. Je vais te faire une longue et dure baise. C'est ce que tu veux, Harry ? A. Longuement. Dur. Putain."

Harry avait l'air nerveux et agité lorsqu'il répondit.

Becky savait que sa queue était devenue dure sous les draps à cause de sa colère explicite et dégoûtante.

Mais peu importe ce que j'essayais de le tenter, il ne semblait pas vouloir bouger.

"Désolé, Becky. Je vais devoir passer. Comment s'est passé vendredi soir ?"

Becky vit le cendrier sur la table basse et écrasa sa cigarette.

"Tu es comme tous les hommes, n'est-ce pas ? Tu penses que je vais courir quand tu le dis. Eh bien, tu sais quoi, Harry ? Tu peux te faire foutre. C'était ta dernière chance et tu l'as juste gâchée."

"Quoi... Becky ?"

« Au revoir, Harry. Dors profondément si tu peux. Merde !

Il a raccroché le combiné.

Becky resta assise sur le lit pendant un moment, son cœur battant la chamade, son sang bouillant, un million de pensées différentes se disputant la préséance dans sa tête.

Comment ont-ils pu lui faire ça ?

Encore et encore.

Et pourquoi continuait-elle à les laisser faire ?

Tomber encore et encore dans le même vieux piège.

Elle savait ce que diraient les psychiatres.

Vous ne vous valorisez pas assez.

Comment peut-elle espérer être respectée alors qu'elle ne se respecte même pas ?

Eh bien, c'est facile à dire pour eux.

Ils veulent savoir ce que ça fait de se sentir comme une salope qui laisse les hommes utiliser son corps comme un chiffon sale.

Une mère qui allait baiser ses petits amis et laisser sa fille seule à la maison, froide et affamée, sans personne pour l'aimer.

Une femme qui l'a convaincue pendant des années que son père ne l'aimait pas.

Qu'il les avait abandonnés à cause de lui.

Alors qu'en réalité, il est parti intimidé par la soumission qu'elle lui avait imposée et trop terrifié pour retourner dans son règne de terreur.

Becky enfouit son visage dans ses mains et laissa les larmes inonder ses paumes.

Tu m'as quitté, papa.

Comment as-tu pu me laisser avec cette salope psychopathe ?

Elle s'assit et se força à arrêter ses larmes.

La tristesse s'est transformée en colère comme le coup d'un interrupteur.

Son père était un putain de lâche.

Comme tous les hommes.

Ils marchaient contrôlés par les ballons qui se balançaient entre leurs jambes, mais ils n'avaient pas le courage de les utiliser.

Seule une femme pouvait faire ça.

La douleur était trop forte.

Becky avait besoin de sexe.

C'était la seule chose qui pouvait la calmer.

Le sexe calmerait la douleur qu'il ressentait intérieurement.

La douleur de ne pas être aimée et rejetée, ce qui lui faisait se sentir comme une pute sale et jetable.

Pendant quelques brefs instants, un baiser passionné, une impulsion lubrique qui l'amènerait à l'orgasme et elle se sentirait guérie.

Tout va bien à nouveau.

Aimé.

Le seul problème, c'est que c'était devenu une addiction.

Et une fois que tout serait fini, après que les hommes seraient partis et seraient retournés auprès de leurs femmes ou de la prochaine femme disposée à écarter les jambes, cet endroit sombre reviendrait.

Jusqu'à la prochaine solution.

Becky n'en pouvait plus.

C'était assez.

Cette fois, quelqu'un allait payer.

CHAPITRE III

La vengeance est douce.

C'est du moins ce qu'ils disent.

Becky y réfléchit en brossant ses longs cheveux noirs dans le miroir de courtoisie.

Elle était nue à l'exception d'une culotte noire ornée d'un petit nœud rouge.

Ses seins de quarante-trois ans étaient aussi fermes que ceux d'une femme de dix ans sa cadette.

C'était l'un des aspects positifs de ne pas pouvoir avoir d'enfants.

Elle a conservé sa silhouette et ses charmes splendides plus longtemps.

Alors que les poils de la brosse glissaient dans ses cheveux, elle ressentit un calme qu'elle n'avait pas ressenti depuis des années.

Quelque chose se générait enfin en elle.

Il ne sera plus une victime.

Elle se débattait.

Elle allait être une guerrière.

S a choisi un bâton de rouge à lèvres rouge foncé dans son maquillage et l'a soigneusement appliqué sur ses lèvres, ajoutant un peu de volume en donnant un millimètre supplémentaire sur le pourtour.

La couleur complétait ses cheveux foncés et sa peau olive, lui donnant un look légèrement méditerranéen qui n'aurait pas pu être plus éloigné de son héritage britannique.

Elle devait admettre que ça avait l'air bien.

Elle avait peut-être un peu la voix rauque à cause de toute la cigarette et d'une enfance merdique, sans parler de la boisson, mais elle savait comment se présenter pour le sexe.

Elle avait appris cette compétence de sa mère, et lorsqu'elle avait réalisé à quel point les filles du Nord étaient coriaces, elle avait également appris à l'utiliser à son avantage.

Les filles sexy avaient du pouvoir.

Ils pouvaient contrôler les hommes avec leur corps, leur odeur et leur regard provocateur.

Quand Becky y réfléchit, elle réalisa que c'était ce qui lui avait permis de survivre pendant tant d'années.

Il se leva et se dirigea vers le grand miroir.

Inclinant la tête sur le côté, il lui prit les seins en coupe.

Elle fit la moue avec ses lèvres fraîchement maquillées.

Oui, elle avait l'air assez bien pour manger quelque chose d'appétissant.

Et pour te manger aussi, pensa-t-il avec un rire sensuel.

Sur le lit se trouvait une robe rouge.

Court.

Très provocateur.

Décolleté bas pour montrer vos seins.

Elle y glissa ses pieds nus et le remonta le long de son corps.

En se regardant dans le miroir, elle se retourna et le boutonna.

Elle admirait le tissu soyeux, froissé au niveau des hanches, qui accentuait sa forme typique en sablier.

À côté de la porte se trouvait une rangée de chaussures à talons hauts.

Becky s'est approchée et a glissé ses pieds dans une paire rouge.

Ce soir, la couleur était écarlate.

Rouge pour le sang et le meurtre.

CHAPITRE IV

Le chauffeur de taxi s'est arrêté devant le club.

Becky remarqua qu'il y avait deux videurs près des portes.

Elle paya le chauffeur de taxi et sortit sur le lampadaire, l'air doux touchant ses épaules nues tandis que la musique du club résonnait sous ses pieds.

Elle ferma la porte du taxi et se dirigea vers l'entrée, plaçant la bandoulière de son petit sac rouge sur son épaule.

Meeting Place était un club de gentlemen moderne apparu dans la ville il y a quelques années.

Des hommes de tous âges y venaient dans leurs costumes les plus tendances, trempés dans des bouteilles d'après-rasage, essayant d'attirer les filles du Nord qui affluaient vers leur parfum comme des chiennes en chaleur.

Becky ne faisait pas exception.

Mais ce soir, elle avait en tête un homme en particulier.

L'endroit était une ruche d'activités, occupé pour une nuit en milieu de semaine.

Un chanteur se produisait sur scène d'un côté de la pièce et le bar de l'autre était rempli de gars plus âgés penchés autour de verres de bière.

Des hommes et des femmes étaient assis dans un grand espace rempli de tables au centre de la salle, discutant et regardant vers la scène.

Becky se dirigea vers le bar et appela un beau jeune barman avec une coupe de cheveux en pointe de veuve.

" Est-ce que Ricky est là ce soir ? " demanda-t-elle.

Le serveur hocha la tête. "Derrière."

Becky lui fit un sourire et s'éloigna du comptoir, remarquant que les yeux des hommes plus âgés s'étaient déplacés de leurs boissons vers elle.

Il s'assura qu'ils avaient une bonne vue de ses fesses alors qu'il disparaissait dans un couloir qui menait aux bureaux à l'arrière.

Ricky Morris était propriétaire de cinq boîtes de nuit dans la région du Maine.

Il avait gagné son argent grâce à des transactions douteuses dans les années 90 et avait ouvert la chaîne de clubs pour hommes qui avait connu un succès instantané auprès des garçons fringants du Nord.

Il était également connu pour travailler avec des strip-teaseuses et des prostituées, leur fournissant des clients et réduisant leurs bénéfices.

Becky l'a rencontré il y a deux ans lors du lancement de *Lugar de Encuentro* .

De toutes les jolies femmes et jolies filles présentes ce soir-là, c'était elle qu'il avait approchée.

Peut-être reconnaissait-il quelque chose de lui-même en elle, un trait masculin qui faisait appel à sa nature ambitieuse et entrepreneuriale.

Une femme qui ne s'inclinerait pas ou ne se laisserait pas flatter par son argent et sa beauté.

Une femme qui jouerait dur pour obtenir ce qu'elle voulait.

Becky a frappé à sa porte, mais n'a pas attendu de réponse.

En entrant dans la pièce, il aperçut un éclair de chair et sentit l'arôme incomparable du sexe.

Une femme d'une vingtaine d'années était allongée sur le bureau, ses seins nus exposés à travers une robe qui était toujours enroulée autour de sa taille.

Ricky la baisait debout, un pantalon noir autour des chevilles, de la sueur scintillant sur sa tête rasée.

Il tourna la tête à l'interruption.

"Putain." Il s'éloigna de la femme et Becky vit sa grosse bite, gonflée d'excitation, glissante du jus de la femme.

Lorsqu'il vit qui était entré dans la pièce, il soupira, se pencha et remonta son pantalon.

La femme à table se couvrit les seins, essayant de cacher son embarras par un rire sensuel.

Petite salope, pensa Becky en entrant sans vergogne dans le bureau.

Ricky était en train d'attacher la ceinture de cuir autour de sa taille lorsqu'il secoua la tête pour que la jeune fille parte.

Couvrant toujours ses seins, elle glissa modestement de la table, attrapa ses chaussures à talons hauts et sortit de la pièce sur la pointe des pieds.

Ricky fit le tour de son bureau, regardant Becky du coin de l'œil, le visage rouge.

Il sortit un mouchoir de la poche de sa chemise, s'essuya le front et fouilla dans un tiroir pour récupérer un étui à cigarettes en argent.

" A quoi dois-je ce plaisir ? " dit-il en ouvrant la boîte et en sortant une cigarette colorée.

Il en offrit un à Becky.

Elle garda les yeux sur lui alors qu'elle se dirigeait vers le bureau et prenait une des cigarettes.

C'était écarlate.

" On vérifie encore la qualité de la marchandise ? " dit-il en plaçant la cigarette rouge entre ses lèvres.

Ricky plissa ses yeux bleus perçants alors qu'il allumait sa cigarette, puis leva le briquet pour allumer celle de Becky.

"A quoi ça sert de m'interrompre en entrant ici à l'improviste ?"

Becky a inhalé un peu de la cigarette allumée.

Elle expulsa la fumée qui traînait vers le plafond en un mince filet.

"Je vois que tu as été occupé ces derniers temps."

Elle regarda la table avec un sourire.

Les impressions de sueur là où se trouvaient les fesses de la femme étaient encore présentes à la surface du verre.

Ricky s'assit lourdement.

Becky pouvait presque entendre son cœur battre à tout rompre, le sang continuant de circuler dans son corps suite à la séance sexuelle interrompue.

Il l'étudia avec curiosité.

"Tu as déjà fini ?"

Becky secoua la tête.

"Et alors ? Je remarque quelque chose de différent chez toi."

Becky repoussa ses cheveux et regarda le grand aquarium qui brillait derrière la tête de Ricky.

Un gros poisson dans un très petit étang, pensa-t-il avec ironie.

Il avait peut-être de l'argent et du pouvoir sur les femmes, mais assis là sur sa chaise, sans aucune idée de ce qui allait se passer, il était aussi faible et pathétique que n'importe quel autre homme.

"Je suppose que ça doit être le temps du mois", dit-il sèchement.

Il retira le sac de son épaule et le posa soigneusement sur la surface vitrée de la table.

Ricky observait ses mouvements avec intérêt.

Elle fit le tour du bureau et posa ses fesses sur le bord dur.

Ricky a fait pivoter sa chaise, s'est penché en arrière et l'a étudiée.

"Vous êtes d'humeur", dit-il prudemment.

"Quand est-ce que je ne le suis pas ?", a-t-elle répondu.

Ricky sourit.

Il aimait ça chez elle.

Cet appétit sexuel audacieux et volontaire.

Surtout de la part d'une femme.

Il l'a fait bander en quelques secondes. Becky attendait de voir sa bite se réveiller alors qu'elle bougeait son corps pour montrer ses seins.

"Tu es une pute", dit Ricky. "Rien ne t'arrête, n'est-ce pas ? Pas même des secondes bâclées sur une petite salope."

"Elle n'était que l'apéritif. Je suis le plat principal. Le vrai sexe."

Becky a remonté sa robe jusqu'à sa cuisse et a glissé ses doigts entre ses jambes.

Elle avait enlevé sa culotte avant de quitter la maison, il avait donc facilement accès aux lèvres nues entre ses jambes.

Il regarda Ricky et tira une autre bouffée de cigarette.

Le renflement qui continuait de croître dans son pantalon lui disait qu'il prévoyait d'être en elle dans quelques secondes.

Sa chatte s'humidifia à cette pensée, intensifiée par le fait de savoir que cette fois la satisfaction serait plus douce que n'importe quelle autre.

Elle posa ses mains sur la surface en verre, laissant des empreintes collantes de sa chatte musquée, et se manœuvra jusqu'à ce qu'elle soit positionnée directement devant Ricky.

Elle plaça les deux talons sur les accoudoirs de la chaise, écartant les jambes pour lui donner une vue complète de ce qu'il y avait entre ses jambes.

L'excitation traversa les yeux de Ricky alors qu'il baissait les yeux et voyait les bonbons cachés sous la petite robe rouge.

"Qu'est-ce que je suis censé faire avec ça ?" Dit-il sardoniquement en haussant un sourcil.

Les coudes sur la table, Becky parvenait toujours à fumer tout en répondant avec un sourire sensuel.

Sans mots.

Ricky éteignit sa propre cigarette, l'écrasant sans vergogne sur le verre.

Il respirait par les narines, peut-être pour avoir un avant-goût parfumé de ce qui allait arriver, trempant ses longs doigts devant ses belles lèvres.

"Je vais te manger jusqu'à ce que ta chatte coule dans ma bouche."

Becky sentit sa vulve picoter alors qu'elle serrait ses muscles.

Elle avait toujours aimé un garçon qui aimait bouffer la chatte.

Ricky était heureux de saturer son visage de son jus, faisant des choses avec sa langue qui l'enverraient ailleurs.

Ce serait la voie la plus humaine à suivre, pensait-il.

Une peur euphorique.

Ses grandes mains touchèrent ses genoux et il écarta encore plus ses jambes.

Becky le regarda avec une sombre fascination, mesurant l'excitation dans ses yeux d'acier.

Il se lécha les lèvres d'un air espiègle.

Becky sourit en connaissance de cause.

Puis, avant qu'elle ne puisse faire autre chose, sa tête était entre ses jambes et sa langue chaude et humide se frayait un chemin en elle.

La tête de Becky retomba alors qu'elle haletait de plaisir.

"Oh, putain."

Ricky bougea la tête avec voracité, léchant sa chair collante.

Mangez, goûtez, respirez son odeur musquée.

"Délicieux", l'entendit Becky dire avec son profond accent du Vermont.

Il était hors de question qu'il goûte quelque chose d'aussi délicieux que sa douce vengeance, pensa-t-il.

Ricky a ouvert la fermeture éclair de son pantalon et a sorti sa queue, la branlant avec des coups rapides et durs de son poignet.

Becky se demanda brièvement s'il préférait sa chatte à celle qu'il avait baisé quelques minutes auparavant.

Puis elle a décidé qu'elle ne s'en souciait plus.

Tous les hommes étaient égaux.

Des connards qui abusent des putes et sucent des chattes. Même s'ils avaient la capacité de vous envoyer dans des endroits dont vous ignoriez l'existence.

La langue de Ricky était divine !

Becky baissa les yeux et vit le cuir chevelu rond et brillant qui montait et descendait.

C'était son moment.

Prenant une inspiration, elle s'arrêta un instant, puis rapprocha ses cuisses d'un seul mouvement rapide, bloquant le cou de Ricky entre ses jambes.

Il s'étrangla et essaya de s'éloigner, mais en vain.

Becky fouilla dans le sac rouge et en sortit un couteau.

Elle attrapa la poignée à deux mains et la souleva au-dessus de la tête de Ricky.

Il continua de babiller, attrapant ses cuisses pour les écarter.

Mais elle ne pouvait pas le faire.

Elle ne pouvait pas laisser le couteau lui tomber sur la tête.

Maintenant que le moment était là, cela ne ressemblait plus à un fantasme.

C'était comme un cauchemar.

Ce n'était pas une meurtrière.

Elle ne pouvait pas devenir quelque chose qu'elle n'était pas.

Ils l'avaient tuée intérieurement et elle les méprisait pour cela, mais tuer de sang-froid la transformait en autre chose.

Cela la rendait inférieure à eux.

Becky relâcha la pression de ses cuisses sur la tête de Ricky.

Il sortit du piège, haletant et se frottant le cou.

"Putain de salope," cria-t-il. "Que vous jouez ?"

Becky avait déjà caché l'arme dans son sac à main avant que Ricky ne crache sa colère.

"J'ai pensé que tu aimerais peut-être essayer quelque chose d'un peu brutal," haleta-t-il, faisant de son mieux pour cacher la peur dans sa voix.

Ricky écarta les jambes et se leva.

"Je ne pouvais pas respirer !"

Becky joua avec sa robe et descendit de la table en verre.

Alors qu'il se levait, il remarqua le doute dans les yeux de Ricky.

"Oh, allez," dit-elle. "C'était plutôt amusant."

Il réussit à maintenir un sourire tandis que son cœur battait frénétiquement dans sa poitrine.

Ricky ne dit rien, cherchant dans ses yeux une sorte de tromperie.

Il serait le seul à avoir du sang sur les mains s'il savait qu'elle avait prévu de le tuer.

Becky se dirigea vers lui et se pencha près de son visage.

Elle embrassa sa joue rougissante, laissant sa lèvre écarlate imprimée sur sa peau.

"J'en ai assez pour aujourd'hui. Je repartirai mieux", a-t-elle déclaré.

Elle ramassa son sac sur la table et se dirigea vers la porte.

Elle pouvait sentir les yeux de Ricky sur elle.

Pénétrant.

Accusatoire.

"Attends," dit-il.

Becky s'est arrêtée.

Son cœur se figea.

Il se retourna lentement.

Le contour sombre de Ricky était bordé par la lueur brillante de l'eau de l'aquarium alors qu'il attendait qu'elle parle.

"Vous voudrez votre argent", dit-il.

Becky fronça les sourcils.

"Quel argent?"

"Je paie toujours mes filles préférées."

Becky étudia ses yeux.

Que faisait-il?

"Tu ne l'as jamais fait auparavant."

"Il était temps que je le fasse."

Il attrapa un chéquier sur le bureau.

Il sortit un stylo de la poche de sa chemise et griffonna quelque chose dessus.

Quand elle l'a apporté à Becky, elle l'a senti lui piquer le cou.

Ricky lui a donné le chèque.

Becky le prit et regarda le montant.

Quarante mille dollars.

Elle pâlit et regarda Ricky avec incrédulité.

"Pour les services dus", dit-il.

Becky se retourna vers la silhouette forte.

Quarante mille dollars.

Il paierait son hypothèque.

Elle pourrait avoir une nouvelle voiture.

Mettez-vous à flot.

Acheter de nouveaux vêtements.

Chaussures de créateurs.

Ricky ne souriait pas alors qu'il la regardait étudier le chèque.

Le regard qu'il lui lança était inquiet.

Becky regarda nerveusement ses yeux bleu acier.

Il savait qu'elle avait essayé de le tuer.

Il le payait.

Prends l'argent, laisse-moi tranquille, ne viens pas.

Elle ne voulait pas le décevoir.

Il réussit à sourire puis se tourna pour quitter la pièce, sa main tremblante tenant toujours sa nouvelle fortune.

MIEUX VAUT UN TRIO

Nous étions tous les trois blottis sur le canapé en train de regarder un film ringard de HBO.

J'étais au milieu, appuyé contre mon petit ami, Peter, et son meilleur ami, Ricky, qui était appuyé contre l'autre côté du canapé.

Peter a tourné la tête vers nous et a fait un commentaire selon lequel cela ne le dérangerait pas de faire cette chose dont nous avions parlé plus tôt.

J'ai regardé la télévision et j'ai vu une femme se débrouiller avec deux hommes.

Ricky bougea un peu sur le canapé.

"Ouais, on dirait que ça pourrait être amusant." Dis-je en regardant l'écran et j'ai ri.

La prochaine chose que je savais, Peter commença à passer ses mains le long de mes côtés et attrapa le bas de ma chemise, le tirant.

Ricky s'est approché un peu plus et a commencé à me frotter la jambe tout en me regardant dans les yeux.

J'avais l'impression que tout mon corps sautait sans bouger.

Peter m'a fait asseoir et a enlevé ma chemise, mes seins reposant dans mon soutien-gorge en dentelle noire, les mamelons durs et poussant contre le tissu.

Puis il pressa son corps contre le mien, enroulant ses bras autour de mon dos et d'un simple mouvement de poignet, mes seins furent libérés.

Peter a commencé à sucer mes seins pendant que Ricky glissait ses mains jusqu'au bouton de mon short.

Je me sentais mouillé alors que Ricky déboutonnait mon short, le tirant le long de mes hanches et de mes jambes.

À sa grande surprise, elle ne portait pas de culotte.

Ricky s'est léché les lèvres et a rapproché son visage de ma chatte humide.

J'ai haleté en sentant sa langue pénétrer dans mes lèvres et caresser mon clitoris, obligeant Peter à sucer mes tétons plus fort.

J'ai glissé ses mains jusqu'à son pantalon et j'ai commencé à les enlever.

J'écarte encore plus les jambes pour permettre à Ricky d'accéder plus facilement.

Mon cœur a commencé à s'emballer alors que ce qui se passait commençait à s'installer dans ma tête.

Alors que Ricky léchait avidement ma chatte trempée, il ôta son pantalon et se retira à contrecœur pour passer sa chemise par-dessus sa tête.

Ricky a alors commencé à tirer mes hanches, tirant mes fesses jusqu'au bord du canapé, il s'est levé et j'ai vu sa bite dure et palpitante juste avant qu'il ne la presse contre mes lèvres, frottant le long de mon clitoris gonflé.

Lorsque Peter se leva, il ôta sa chemise et la jeta sur le côté.

Puis il a grimpé sur le canapé, sa queue à quelques centimètres de mon visage, plaçant une de ses jambes sur mes jambes.

J'ai gémi pendant que Ricky enfonçait sa bite dans ma chatte, me remplissant complètement.

J'ai instinctivement resserré mon emprise autour de son membre.

J'ai sorti ma langue et l'ai caressée sur le bout de la grosse bite de Peter, penchant ma tête en avant et enroulant mes lèvres autour de la tête gonflée.

Peter s'appuya d'une main contre le mur et glissa les doigts de l'autre dans mes cheveux, guidant doucement ma tête pendant que je suçais sa queue.

Ricky a passé ses mains de haut en bas sur mes côtés et a attrapé mes hanches, me tenant immobile pendant qu'il me baisait.

Mes gémissements se perdaient dans les siens.

J'ai commencé à balancer mes hanches contre celles de Ricky, enfonçant sa bite palpitante plus profondément dans ma chatte serrée et humide.

J'ai commencé à tracer l'intérieur de la cuisse de Peter, j'ai amené ma main vers ses couilles remplies de sperme et j'ai commencé à les masser doucement, les laissant rouler dans ma petite main.

Je gémis encore, ma bouche complètement remplie de la bite de Peter.

Je pouvais sentir la tête de sa queue toucher le fond de ma gorge, goûtant du précum sur ma langue.

Peter se pencha en arrière, sa queue palpitant toujours à cause de ma forte succion, et descendit du canapé en prenant ma main dans la sienne.

Je me suis assis et Ricky a sorti sa bite de ma chatte excitée.

Peter m'a emmené dans la chambre, s'est assis sur le lit, a attrapé mes hanches fines et m'a retourné.

Ricky se tenait devant moi, caressant sa bite dure pendant que Peter écartait mes fesses.

Ricky a ensuite attrapé mes hanches et m'a aidé à équilibrer tout en aidant à positionner la bite de Peter devant mon petit trou serré.

Mes genoux se pressèrent contre mes seins tandis que je sentais la bite mouillée de Peter se presser contre mon cul serré.

Je gémis alors que sa queue pénétrait lentement dans mon cul.

Ricky a repoussé le haut de mon corps et a glissé sa queue dans ma chatte.

Me penchant en arrière, mes bras me soutenant, mon cul et ma chatte remplis de bite, j'ai gémi bruyamment et je me suis mordu la lèvre inférieure.

La douleur et le plaisir provenant de la double pénétration étaient presque trop difficiles à gérer.

Peter a glissé sa bite de huit pouces profondément dans mon cul, le remplissant complètement, puis a commencé à bouger ses hanches.

Ses mains autour de ma poitrine massant mes seins.

Ricky a pompé furieusement dans ma chatte chaude et humide.

Sa respiration devint difficile et ses mains sur mes hanches me maintinrent en place.

Je me suis serré fermement autour de leurs deux bites, sentant mon propre point culminant commencer à se développer.

La bite de Peter a gonflé dans mon cul alors que je la serrais et il a commencé à me baiser plus vite, gémissant en le faisant.

Ricky ferma les yeux et commença à ressentir cette chaleur familière sur sa queue alors qu'il la pompait régulièrement dans ma chatte.

Je gémissais à presque chaque respiration, voulant les sentir exploser en moi.

J'ai serré plus fort.

Le corps de Peter a commencé à trembler sous moi alors que sa queue explosait, remplissant mon cul de son sperme épais.

Ses gémissements se mélangeaient à ceux de Ricky et aux miens.

Il enroula étroitement ses bras autour de ma poitrine alors que son apogée atteignait son apogée, pompant sa bite par giclées dans et hors de mon cul serré.

Lorsque Peter est entré dans mon cul, j'ai senti mon propre point culminant commencer à rendre mon corps tendu et ma chatte se contracter autour de la bite remplie de sperme de Ricky.

J'ai commencé à bouger mes hanches au rythme des mouvements de Ricky, voulant jouir autour de sa queue.

J'ai jeté la tête en arrière et j'ai gémi si fort que j'ai presque crié alors que j'atteignais l'orgasme , avec une bite dans chaque trou.

Ricky ne pouvait plus se retenir, il s'est lâché et a rempli ma chatte de jets de son sperme.

Nous tremblions tous les deux, nos mouvements devenaient plus lents et nos gémissements s'adoucirent, nos apogées s'apaisèrent.

Ricky se pencha en avant, m'embrassa doucement et sourit en sortant sa bite de ma chatte et en m'aidant à sortir du lit.

Peter se leva rapidement, se plaça derrière moi, enroula ses bras autour de ma taille et m'embrassa sur la joue.

Il dit entre deux rires :

"Oui, c'était amusant, en fait... "

FIN